人生沒有最好 不錯就好

王溢嘉

自序

紅塵阡陌裡，風景不錯看

本書是從我在方格子寫作平台專題「紅塵阡陌：王溢嘉的人生筆記」的百餘篇文章中篩選出四十篇結集而成。

「紅塵」表示我談的是人間事，是跟自己及大家的生活相關的事；「阡陌」是希望這些文章能像縱橫交錯的田野小徑，從四面來，往八方去，但又彼此相連，如果站在高處總覽，期待它們能像似一面七彩繽紛的人生織錦。

這也是我到方格子開闢這個新的寫作園地的自我期許，希望能將自己既往人生中自覺有趣、印象深刻、有意義、具啟發性的閱歷，包括個人在生命不同階段的經驗、工作、閱讀、旅遊、娛樂、人際關係等等，特別是對它們的所思所感，發而為文，為自己留下些紀錄，也樂意能和讀者分享。

我將這些文章分為四大類，第一輯「心弦迴音」，以我個人在生命歷程中的某些特殊經驗，譬如挑燈夜讀、雨中禪寺、小鎮訪友、網路漂泊、親人聚散、晨昏逆行、馬戲表演等，它們在我心中所浮現的漣漪，讓我駐足流連，並在反思中看到生命的吉光。

第二輯「旅途漫思」，談的則是我近些年的旅遊經驗，但無涉旅程，而是對某個景點譬如多瑙河畔的布達佩斯、吉薩的金字塔與人面獅身像、東京明治神宮裡的一場婚禮、劍橋大學的老鷹酒吧等，在親臨其境後產生的一些感觸，正好用來校正我以前對它們的想像。

第三輯「對酌斯人」，寫的都是人物，其中吳大猷、劉奇偉只有數面之緣，杜聰明、李哲洋則有較多接觸，至於王尚義、傅斯年、張幼儀、狄金生、柴契爾夫人、大江健三郎等當然更碰不上頭，我會寫他們主要是因為覺得他們的一些作為讓我心有戚戚，而邀他們來喝杯酒、和大家聊個天。

第四輯「紅塵拾花」，則比較像心靈雞湯、勵志小品，雖多少也是從個人經驗出發，但觸及的卻是生命意義、發揮潛能、實現夢想、活在當下、人生無常等問題。有些作家也許會認為它們太過庸俗而避談，我倒是樂意和大家分享個人及其他人士在這方面的經驗與想法。

書名《人生沒有最好，不錯就好》，剛好也是本書最後一篇的篇名，也許我下意識裡就是想以它來作為我此時對人生基本看法的一個總結。以前曾費心去思考、追尋什麼最理想、最幸福、最美好的人生，在好高鶩遠中孜孜矻矻，但慢慢發現它看似存在、卻根本不可求；在轉而認為「不錯就好」，對自己走過的路、既有的人生心滿意足，不再東張西望，去留意還有沒有「更好的」，那我就會覺得輕鬆許多、自在許多、也愉快許多。讀友如能用這種心情來讀這些文章，應該也會有「不錯」的感受吧！

王溢嘉

二〇二一年五月

目次

輯二　旅途漫思

輯三　對酌斯人

輯四　紅塵拾花

輯一

心弦迴音

撫劍獨行遊：我的人生書

我有次接受採訪，被問到「影響你最深遠的一本書」，我不假思索地回答：「《少年行》。」然後補充說：「那是我初中畢業時所看的一部武俠小說。」我不假思索，因為我以前在一篇文章裡就約略提過這件事。

我初中畢業時，姊姊剛出嫁不久，姊夫因為工作的關係，住在當時的八卦山招待所內。我去探望他們時，就睡在姊夫以前的單身房內。就寢前，發現書架上有一部十本的武俠小說《少年行》（在我們那個年代，武俠小說被視為不良讀物，在校被查到是要記過的），我出於好奇翻閱，結果立刻入迷，而躺在床上的孤燈下，徹夜不眠將它看完。

這是我生平第一次看武俠小說，也是第一次看書看到天亮。那真是一種相當奇妙的體驗，讓面黃肌瘦的我心中波濤洶湧，不能自已。當我頭重腳輕地從床上爬起來，站到紗窗下，曙色未明，窗外八卦山後山的群花如夢似幻，我恍若小說裡的年輕俠客，自不勝寒的黃山之巔醒來，欲至那楓紅的溪澗漱洗，然後去履踐一位被我誤殺的黃山派弟子的臨終遺言。

初中時，我原是一個拘謹守禮的好學生，但在看了《少年行》後，我彷彿中了「情花之毒」，性格大變，而開始仿同《少年行》中的年輕俠客李子衿，變得不拘小節，認為「禮教非為我輩而設」，一心嚮往要做個武功高強、有情有義、有淚不輕彈的江湖高手。

當然，我並沒有糊塗到想要到什麼地方去拜師學藝，而是以一種變通的方式譜出自己的「少年行」：高中一開學，台中一中就成了我混跡的江湖，學校功課則成了我勤練的武學。當我在功課上技壓群雄時，我站在操場上一笑收劍，向各班同學道聲「承讓！」心中有的是李子衿在南京城外擊敗點蒼派掌門而豎子成名的那種況味。

還記得有一回，高一全年級在禮堂集會，各班班長輪流上台報告。當我上台時，對台下的老師、教官和所有同學一拱手，朗聲說：「在下是高一二班的掌門人王溢嘉！」全場立刻瘋狂鼓噪歡呼、口哨聲不絕。當時的我是多麼地豪氣干雲啊！

在高中時代，因為《少年行》的啟蒙，我開始大量閱讀武俠小說（它其實是我當時看最多的書），特別是古龍、上官鼎的作品，我幾乎每本必看，但看來看去，總覺得似乎不像《少年行》那樣讓我感動、癡迷。

在到台北讀大學後，無意中發現出版《少年行》的真善美出版社就在醫學院旁的林森南路上，後來更知道，作者陸魚（筆名，本名黃哲彥，一九三七年出生的台北人）畢業於台大物理系（我有一段時間誤以為他是我台大醫學系的同門師兄），《少年行》是他的處女作（也是唯二作品），一出版即造成轟動，被譽為以意識流手法開新派武俠之先河（古龍與上官鼎都受其影響，但很可惜陸魚後來赴美深造，留美任教，也不再寫小說）。因為我姊夫是出版社老闆的朋友，所以受贈一套；而我好像冥冥中自有天意，第一次接觸武俠小說，讀到的就是最好的一部。

但在大學時代，我的閱讀逐漸轉向西洋小說和當代的各種知識學派，特別是後期，想要做個窮究生命奧祕的知識分子，少年時代的夢幻因而遂逐漸遠去、消逝，也很少再想起《少年行》及跟它相關的種種。直到邁入中年後的某天，我在回首前塵時，赫然發現自己所走過的人生路，竟然與《少年行》的主角李子矜相當類似：

李子衿出身武林世家江西李家槍，但自幼流落江湖，不諳祖傳槍法，在成長過程中，他到處偷招學拳，然後自行揣摩，將四處學來的雜藝拼湊融會，冶於一爐，而有了一身讓人摸不清底緒，怪異而不錯的功夫。後來，在湘西的沅江上，他從一位漁夫處購得江中撈到的「元江派掌門人」銅符，而自稱元江派掌門人開始在江湖露臉，因武功怪異、很快就闖出名號……（但到第十集感覺就要大放異彩時，卻突然結束，沒有下文，猜想應該是作者已準備赴美）。

我雖出身台大醫學系（在江湖上，它也算是名門大派吧），但對醫學卻不甚了了，而專學一些旁門左道，在畢業後，將自行摸索及從各門各派學來的雜藝融會貫通，開始在文化的江湖闖蕩，出版書籍、發行雜誌，自稱是野鵝出版社和心靈雜誌社社長，後來也因「武功怪異」，而闖出一些名號。但野鵝出版社和心靈雜誌社的作者就只有我一個人（員工則包括我和妻子二人），這跟小說裡的李子矜以「元江派掌門人」的名號闖蕩江湖，而元江派上上下下卻只有他一個人的情況，不是很類似嗎？

但我想更重要的應該是心態上的：李子衿是一個沒有師父、沒有祕笈，自己走出一條路來的人，他在江湖上不拉幫結黨，千山萬水我獨行。而我不正也是時時以此自勵嗎？

是我在青少年時代因閱讀《少年行》入迷，深深受其影響，認同於小說中的主角李子矜，而在下意識裡「內化」了他的不少觀念與行徑，雖然後來已很少在意識層面想到他，但在下意識或潛意識裡仍受其引導，而在往後的人生裡表現出類似的觀念與行徑嗎？

或者這只是我個人一廂情願的曲解？即使我後來的人生道路出現一些特殊的軌跡，那也是來自我人格中本就具有的特質，《少年行》只是像個顯影劑或探照燈，讓我在回顧時看得更清楚而已？如果我當年沒有讀《少年行》，我往後的人生就會不一樣嗎？

在連上帝都無法回答時，我只好自我回答：也許是每個原因、每個推論都可能成立。如果我心中沒有光明，我就不可能看到光明，而我看到的光明又會進一步加強我本有的光明。《少年行》對我的人生到底有什麼影響，影響又有多深，是誰也說不清楚的，重要的是我自己怎麼看、怎麼去理解？上面的文字就是我對影響我最深遠的一本書的看法與理解。

雨中禪寺的夜思與深夢

深夜，山中下起雨來。

在留宿的禪寺，從熟睡的妻子身旁坐起，走到靠窗的桌邊，我打開檯燈，發現書架上有一本《泰戈爾詩集》，於是在轟然的暴雨聲中，開始靜靜地翻讀。

當妻子提議出外走走時，我無可無不可。能為沉悶的生活帶來點生機也好，就是不想做老狗，所以玩了新把戲，到荒山中的這座禪寺來結緣。禪寺夜讀，也是新奇的經驗。

雨聲漸弱。將窗戶拉開一縫，沁涼的山氣默默湧入。我讀到這樣一首詩：

在夢中昏暗的小徑裡，我去尋找前生屬於我的愛人。

她的家座落在一條荒涼街道的盡頭。

在黃昏的微風裡，她寵愛的孔雀在棲枝上打盹，

而鴿子則靜靜地躲在角落裡。

她在大門口放下她的燈，站到我的面前。

她抬起她的大眼睛，瞧著我的臉，默默地問：「你好嗎？我的朋友。」

我想要回答，可是我們的語言已經失落了，忘記了。

我想了又想，還是記不起我們的名字。淚水在她的眼眶裡閃亮。

她向我伸出她的右手。我握住她的手，默然佇立。

我們的燈火在黃昏的微風中搖曳，熄滅了。

回頭看看床上熟睡的妻子，聽著窗外的雨聲，我忽然有了一種以前沒有過的奇異感覺。「迷失的人迷失了，但相逢的人總是會再相逢……」也許這一切，以前都發生過，我只是在時空的無盡纏連裡重新打開它。就像《牡丹亭》裡的柳夢梅，因對著杜麗娘的畫像一再呼喚，而讓杜麗娘死而復生，共結連理；但這一切，都已出現

在杜麗娘更早的夢中……。

深夜裡的古老禪寺，一片空寂，總是易讓無眠者產生遐思。蘇東坡南貶時，途經嶺南，夜宿南華寺，在燈下翻讀《傳燈錄》，燈花墜落卷上，燒掉書裡的一個「僧」字，他因而在窗間題了一首詩：「曹溪夜岑寂，燈下讀傳燈；不覺燈花落，茶毒一個僧」。據說，蘇東坡相信自己前世是個和尚，他看著被燈花焚燬的那個「僧」字，心中想必有所感觸吧？

山雨漸歇，只剩下簷前的點滴，點點滴滴落進我的心湖，激起陣陣漣漪。我望進那漣漪，看到了一個因日漸消逝而模糊的自己。

「猶記多情，曾為繫歸舟，碧野朱橋當日事……。」

那是多年前，我目送如今成為妻子的女子搭車離去時的心情。多久了？我已經不再讀詩吟詩？也不再多情？回頭靜望熟睡中妻子的臉龐，想起自己年少時的輕狂與溫柔，竟有恍如隔世之感。

眼前這個沉睡的女子，就是多年前沉睡在我心靈最幽深的夢幻城堡中，而被我喚醒的那個女子嗎？或是我在沉睡時，於朦朧夢中邂逅而傾心同遊的那位佳麗？

腦中朦朧浮現：在依然年輕的夜晚，在不復存在的「圓桌武士」餐廳，在搖曳的燭影下，我像一個為尋找聖杯而四處漂泊的夢幻騎士，在她的眼前解轡下馬，向她低訴我的追尋與冒險，我的巨人與風車，她的雙眸遂閃現出耀人的光芒，並決定與我策馬同行。

如今，她已再度沉睡，而我雖然在她身邊，但感覺那顆不安的心又在這樣的雨夜出走，無目的地漂泊於大海與沙漠之間。「迷失的人迷失了，但相逢的人總是會再相逢……」我又和早年迷失的自己相逢於這山中的禪寺，在似曾相識中，卻已多了一點隔閡。

睡夢中的妻子微微翻了個身。我無法喚醒她，也沒有什麼理由喚醒她，我只能喚醒我們的過去，而喚醒的也只是我個人對它們的模糊回憶。我驚覺我已經失落了消除時間魔咒的語言？

時間之箭啊！你為何匆匆如此？當我又打開我心靈最幽深的城堡時，發現裡面竟已結滿了蛛網，在蒙塵的魔鏡前，我、還有妻子昔日的身影已顯得模糊而陳舊，失去了昔日的光彩。

在一陣淡淡的感傷中，泰戈爾的詩和白鬍子不覺在我眼前飄盪了起來。飄盪再飄盪……終於，一陣睡意襲來，我於是熄滅檯燈，悄悄上床，將熟睡的妻子擁進懷中。

第二天一早，在啾啾鳥聲中醒來，天光大亮，山青樹翠，一切都已因夜雨的清洗而顯得開朗。用完齋飯，告別了山中禪寺的僧尼，我和妻子繼續未完的行程。在車上，妻子忽然幽幽對我說她昨夜做了一個夢，夢見她又回到鄉下的那間小學。「而你居然成了我的小學同學，是從外地轉來的，就坐在我旁邊，什麼也不說，只知道經常對我無理取鬧……。」

我默默聽著，心中有一種迷惘與訝異。因為在妻子的夢中，我發現了一個我未曾擁有的過去；或者說，我們曾經擁有、但已被我遺忘的過去。難道是我昨夜讀了泰戈爾的詩，心有所感而靈犀一點，讓妻子做了這樣的一個夢嗎？她的夢也只是被我喚醒的一個回憶？

中午，來到一座水庫，無甚可觀，倒是水庫旁有一個鳥園，遊人如織，我們隨著雜沓的人群緩緩移動，然後，在密密麻麻的鐵絲網裡，我忽然看見——美麗的孔雀在棲枝上打盹，而鴿子則靜靜地躲在角落裡……。

妻子默默伸出她的右手，一股莫名的悸動，使我也伸出左手握住她的右手，默然佇立。

所有的生命，所有的愛情，都是對曾經擁有和未曾擁有的過去的一種回憶。

在小鎮的燭光下遇見先知

到東部小鎮探望一位老友。老友是大學時的舊識。在紐約浪跡多年後，回到台北，畫畫、書寫、評論，娶妻、生子。然後突然辭去工作，帶著妻兒遠走他鄉。十多年未見，我們慢慢遺忘了他；但看起來，似乎是他遺忘了我們。

田野小路邊，籬花與果樹環繞的一棟三層樓房。老友怡然說，這就是他自己設計的家園。剛來時，還到附近的學校教書，最近則連書也不教了，文章也少寫了，更懶得評論；只在家裡栽花蒔草，畫畫，讀書，散步，陪兒女遊戲，偶而出門看山看海。

他留我們用晚餐。女主人在長桌上點了一根蠟燭。我們專心吃飯，話變得很少，我偶而抬起頭來，覺得燭光下的老友，看起來就像一位先知。而來到小鎮的我，則成了尋訪先知的旅人。

那是回教蘇菲教派流傳的一個故事：

一個旅人來到陌生的小鎮尋訪一位先知。當旅人抵達先知的住處時，已是入夜時分。先知的門開著，他叫喚兩聲，無人應門，就自行進入。那是一個很大的房間，一盞點燃著的煤油燈，就擺在離門口不遠處的一張大桌子上，但桌邊卻空無一人。無數飛蛾繞著煤油燈的亮光飛舞。

在慢慢適應屋內的明暗後，旅人發現在房間深處的一個角落，還有一張小桌子，桌上點著一根蠟燭。先知就坐在小桌子前，對著燭光看書。

旅人走過去，疑惑問說：「先知啊，這個燭光比煤油燈光黯淡許多，您為什麼不在煤油燈下，反而在這裡看書呢？」

先知抬起頭，微笑說：「那盞煤油燈是我為了飛蛾而設的，這樣我才能在這裡安靜看書，不受干擾啊！」旅人這才發現，燭光雖然不太明亮，但周圍的確連一隻飛蛾也沒有。

一個好故事總是能超越時空，在不同的時代，為不同的族群帶來新的啟發。來到東部小鎮的我，因為看到友人、燭光，想起這個故事，而得到如下啟發：為了生活，每個人都要在某個地方從事某種工作。愈光鮮亮麗的地方，愈炙手可熱的工作，就會有愈多的人競逐，好比飛蛾繞著煤油燈飛舞。置身其中，只會不斷受到騷擾。不同的光，吸引不同的人。如果你不願與飛蛾共舞，受其奴役，那就要自覓光源，找個安靜怡人的角落，點燃自己的蠟燭。也許無法大放光彩，但畢竟是個乾淨明亮，自己掙來的地方。

老友在燭光下抬起頭來，似欲有言，但旋又默然。我看他一臉安詳，也就不再多嘴，心中則隱約有一種模糊的失落感。其實，我是在鄉下長大的，中年以後在南投山中蓋了間農舍，讓父母有個栽花種菜、頤養天年的地方，我和妻兒偶而去住個兩三天，像在度假。雖也想過以後要到那裡常住，過另一種生活；但在父母往生後，我卻從未再去住過，因乏人居住與照料，雜草叢生，我竟一時糊塗就把它給賣了。現在想起來，實在有點後悔，也對老友當年能有勇氣毅然割捨台北的一切，來這裡過與世無爭的生活感到佩服與羨慕。

回台北不久，參加另一群朋友的聚餐，大家紛紛向一位友人敬酒，恭喜他最近升官、眾生有福了！他則頻頻答禮說「不敢當」，但在謙虛中仍難掩興奮之情。我這位友人博學多聞，從學生時代起就懷抱經世濟民之心，現在能身居要職，一展所長，也是得償夙願。大家都為他高興，也真心祝福他。

酒足飯飽，回到家後，想起東部小鎮的那位老友，他和當晚在座的很多人及升官的那位都是舊識，但大家似乎都忘了他。以前經常在一起喝酒喝到天亮，談夢想、談抱負的知識青年，後來卻因個人不同的選擇，而走在不同的路上。

道已不同，何必再相為謀？

古詩十九首裡有一首《今日良宴會》：「今日良宴會，歡樂難具陳。彈箏奮逸響，新聲妙入神。令德唱高言，識曲聽其真。齊心同所願，含意俱未申。人生寄一世，奄忽若飆塵。何不策高足，先據要路津？無為守窮賤，坎坷長苦辛。」的確，人生苦短，與其庸庸碌碌，何不去找或占個好位置，過得暢快淋漓一點？這也是很多人都有過的想法，我當然也不例外。但就像蘇菲的先知所說的，愈光鮮亮麗的地方就會有愈多人競逐，如飛蚊嗡嗡盤旋，讓人不堪其擾而心煩意亂。更有甚者，「要路津」競爭激烈，大家不僅爭得頭破血流，還經常有人被擠得跌落深淵。

有人也許是因為在光鮮亮麗的地方競爭落敗，只好另謀出路，轉移到生活壓力較小的偏遠地區；但有的人卻厭倦於那種無聊的競爭和騷擾，而主動離開光鮮亮麗的地方，自己去尋找能讓自己安身立命的清靜樂土。

在印度洋的各島嶼中，原本都有長一公尺多、重兩百公斤的巨龜，但後來都消失了，唯獨阿達布拉島依然倘佯著為數甚多的巨龜，究其原因，因為這個島離主要航線甚遠，其他位於主要航線（要路津）的島上巨龜，在大航海時代被水手們視為難得的新鮮肉源，而遭宰殺滅絕。

有人也許會認為，阿達布拉島的巨龜雖然活了下來，但不會覺得無聊、寂寞嗎？這其實是無聊人的想法，對巨龜來說，只要是能讓牠們自得其樂的島嶼，哪有什麼偏遠不偏遠的問題。在一個地方生活會給人什麼感覺，重要的是你想在那個地方獲得什麼，而不是那個地方是別人眼中的「中心」或者「邊疆」。

農曆春節，接到東部小鎮友人寄來的賀卡。打開來一看，竟然是他自己手工製作，上面還有他畫的一幅小畫。「一元復始，萬象更新」，寥寥數語，卻讓我感受到無盡的真情與心意。雖然他說得不多，但我想他在東部小鎮過得應該是讓他心滿意足的愜意生活，有著我不知道、也無緣享受的閒情雅致。

英國詩人畫家布列克的一句話，忽地浮現在我的腦海：「我必須自創一個體系，或者受他人體系的奴役。」只有擺脫他人的價值體系，一個人才能看清自己真正想要的是什麼生活，並建立屬於自己的價值體系。

燈下，展讀我的生命密碼

生命儘管七彩繽紛，但總覺得在那複雜多變的背後，似乎具有某種本質，可以用簡單的法則來加以描述。重讀我在大學畢業後所寫的一篇短文〈我的生命密碼〉，感覺它正是我當時對這個問題的思考所得：

「深夜，我攤開我的生命密碼，在燈下展讀。

它，並不難讀。很久很久以前，有一個1罩在我頭上，我在其下縮攏成一個7，我曾經是一個乾淨而明確的有理分數——$\frac{1}{7}$，過著單純、閉鎖而有條理的生活。

後來，罩在我頭上的那個1消失了，或者說被我拿掉了。我遂攤開來，變成一串小數，先是0.14……，然後是0.142……，再然後是0.14285……。在那段歲月裡，我每踏出一步都是新奇的，覺得人生充滿了無盡的許諾；處處美景，等待著我去尋幽訪勝。

像一隻掙脫樊籠的野獸，我自由自在地奔跑於人群和事物之間，無拘無束地徜徉在花香和燈光之下，貪婪地品嘗各種知識和欲望，其中也許有些不安和挫折，但總是山窮水盡疑無路，柳暗花明又一村。

但慢慢的，我覺得空虛，感到苦悶，在走完一段不算短的路程後，我佇足回顧，發現我生命的軌跡竟然是0.142857142857142857……的循環小數。它不過是1/7的變形，是一串事件的無盡循環，是試探、狂熱、懷疑、懸擱、墮落、追悔的一再重演而已。

在追悔之餘，我偶而會收攏過來，再度成為原先那個乾淨而明確的1/7，過一段單純而閉鎖的生活。但它再也無法持久，路上野狗的眼神、空中飛鳥的叫聲，都會使我很快又散開來，再度成為七彩繽紛的0.142857142857……。

在這一伸一縮間，我像一個手風琴手，演奏著我生命的手風琴，它只有六個音符和一個休止符。」

它多少是我大學時代的生活寫照。當時我隻身在外，不再受父母管制，有點恣意妄為，在各方面都顯得既繽紛而又混亂，雖然滿足了自己的一些飢渴，但卻像一隻打圈圈亂飛的無頭蒼蠅。

十多年後，我又為這篇〈我的生命密碼〉添了個後續：

「後來，我感到厭煩，長時間的厭煩，兩三年持續不斷的厭煩，竟至渴望能有一個比1更沉重的數罩在我頭上，好讓我在它下面再度縮攏成一個簡單而明確的7。於是，我開始積極地去尋找那可能的2或者3。所以，我就結婚了，成家立業了，辦起了雜誌，獻身於這個和那個。終於，我再度成為一個明確而單純的有理分數，過著乾淨明亮的生活。但是在過了一段時間後……

關於我生命的進一步數學演算：

當用2罩在我頭上時，攤開來將變成0.2857142857142……。

當用3罩在我頭上時，攤開來將變成0.4285714285714……。

當用4罩在我頭上時，攤開來將變成0.5714285714285……。

當用5罩在我頭上時，攤開來將變成0.7142857142857……。

當用6罩在我頭上時，攤開來將變成0.857142857142……。

我發現，只要我是7，則不管我去尋找任何數字罩在我頭上，它們到後來都有可能再攤開來成為類似的無盡循環。事態已經很明顯，我需要的是內在的改變，而非外在的追尋。我只有將自己（7）罩在自己頭上，進行嚴格的自我管理，才能成為最單純而又明確的1（$\frac{1}{7}$）。」

這是我結婚生子，將父母接來同住，在健康世界雜誌工作，並成立野鵝出版社、創辦心靈雜誌一段時間後的感覺。這些事情多少代表了我所找到的罩在我頭上的2、3、4……。有些人會認為想找一個什麼罩在自己頭上，就像孫悟空去找一個緊箍兒，或一隻鳥去尋找鳥籠，無異是在讓自己的生命受到束縛，侷限它更多的可能性，真是何苦來哉？但像一個厭倦於遊蕩的浪子，我倒是相當渴望、也相當滿意這樣的束縛，不只讓我有「回家」的感覺，更可以說是我在感性過了頭之後的一個理性抉擇。

老子說：「上善若水。」除了難以往高處流外，水可以到處游走，流變不居，而且無孔不入，不拘一形，真可說自由自在。但如果沒有河岸來約束它、引導它往一個方向奔流，成為滋養兩岸生靈的河流；那水只會四處亂竄、氾濫，不僅看不出有何意義，還可能帶來災害。我覺得當時我的生命能量就像水，我不想再讓它無目的地亂流，浪費在一些愈來愈覺得沒有意義的事情上，所以我主動去找能拘束我的「岸」，在它們的束縛和引導下，讓我的生命之水能朝某些明確的目標奔流。

至於在那段時間之後，我是否又再重蹈覆轍，因為覺得受束縛、太單調、沉悶，而擺脫罩在我頭上的2、3、4，再度散開來成為0.285714285714……？我想應該是「沒有」。我並沒有逃離我的寫作、婚姻或家庭，不過卻發現我的人生已無法用過去那個「有理分數／循環小數」密碼來概括，改用「單一／多樣」或「不變／變化」這樣的新律則也許較合適（「有理分數／循環小數」也可說是它的一個變型）。

譬如在工作上，寫作是我單一、不變的志趣，但它的形式或內容卻是多樣而富於變化的，可分為散文小品、人文與思想論述、文學與文化評論、心理學與精神醫學、兩性議題、青少年勵志、傳統經典新解等好多類，在同代作家中，我寫作所觸及的領域，算是相當廣泛的。在婚姻裡，妻子是我單一、不變的對象，但我們婚姻生活的型態卻也是多樣、有變化的；這些多樣和變化使得原本的單一與不變顯得更豐富也更有深度。

從較寬廣的角度來看，當我將生活與寫作一併考量時，我發現我早年的生活比較多樣、變化（繽紛而混亂），寫作卻較為單一、不變（散文小品）；後來的生活回歸單一、不變（乾淨而明亮），而寫作則開始多樣、變化起來。這讓我醒悟：我的生命同時渴望單一與多樣、不變與變化，當我在某方面維持單一與不變時，我就必須在另一方面尋求多樣與變化，以滿足我的生命需求。我很高興也很滿意因為我的寫作滿足了我對多樣與變化的需求，所以不必在愛情與婚姻對象上尋求多樣與變化。

這跟我早年的1/7與0.142857142857……似乎已有所不同，但不同的只是表象，我覺得我的生命依然是在同樣的軌跡上運轉。

一個樂觀的悲觀主義者的告白

入夜後來到三峽，停好車，走進東道飲食亭，點了兩份古早味排骨飯。雖然不是假日，但人客還不少；懷舊的擺飾、古色的木桌椅、料多味美的排骨飯，都讓我感到溫暖。

飯後，漫步於老街，不少店鋪已關門，顯得有點稀微，但卻另有白天熙來攘往所沒有的靜美。走到老街盡頭，轉往河邊，發現有台階通往河堤步道，於是信步而下。步道兩側花木扶疏，右下方三峽河的河水靜靜流淌，河濱公園裡有兩三個人悠閒地走動，長福橋的燈光在前方亮著，橋兩側的涼亭和石獅依稀可見。以前白天來，都將車停在對岸的停車場，然後走過長福橋到祖師廟，夜裡在河堤上遠觀整座長福橋，反而覺得有點陌生。

清風徐來，我們坐在河堤邊的長椅上乘涼，遊目四顧，好整以暇地瀏覽眼前這不一樣的三峽，正感如此良辰美景需要好好珍惜，妻子已默默牽起我的手。的確，我們應該放鬆心情，好好珍惜、感恩眼前的一切。

下午到恩主公醫院附設的護理之家去探望岳母。年邁、意識不清的她因肺部疾患需要定時抽痰、鼻胃管餵食，而不得不住進護理之家，我們每天都從中和到橫溪來探望她。今天在陪她半個多鐘頭，安置妥當後離開，天色已晚，我提議到三峽吃晚飯，順便散散心，因而有了上面的行程。

但一轉眼，又已經是幾年前的往事了。

到六十而耳順之年，我心靈的天空開始出現朵朵烏雲。先是父親罹患巴金森氏症和失智症，開始時因用藥失當產生譫妄，意識不清而又情緒激動，彷彿變成另一個人；後來則日顯癡呆，身體機能敗壞，多次急診住院，最後是形銷骨立，回天乏術。父後半年，母親竟又因中大腦動脈栓塞而中風，半身不遂且不能言語，雖努力復健，卻又併發癲癇而使情況更加惡化，經常枯坐、昏睡在輪椅或床上，最後，也無可奈何魂歸去。

雖然說生老病死是人生必經之路，但從父親病重到母親離世，前後六年多，卻也讓我深切體驗佛家所說「成住壞空」、「苦集滅道」的滋味。但奇怪的是，這些經驗並沒有加深我原本就有的悲觀心態，讓我變得更消沉；反而激發出另一股能量，讓我更積極、更樂觀地去生活，而有更豐富與複雜的經歷。

從年輕時候開始，對於人生和世界，我的基本看法都是偏向悲觀主義的：我覺得「天地不仁，以萬物為芻狗」；所有的人都只是在浩瀚的生命汪洋中浮沉的一個小顆粒，不管如何翻滾，終歸是是非成敗轉頭空。多數人都是自以為是而又非理性的，我對人性並沒有太高的評價，對人生也沒有太多的期待；也不覺得這個世界會愈變愈好，社會看似在進步，但只是變得更複雜、更造作。

不過我也不會因此就消極無為、醉生夢死或坐以待斃，我依然有我的理想、追尋，希望能有所作為，雖然它們都已先被我打上個「問號」，但我還是會量力而為；只是時而在機會裡看到災難，時而在災難裡看到機會；成功可能是自己努力，但也可能只是僥倖。很多事多半徒勞無益，但「不做無益之事，何以遣有涯之生？」我只能用哈哈大笑來表達我對天地不仁最大的抗議。

所謂「樂觀」或「悲觀」，不只是程度問題，還存在不少矛盾：很多人都是在某些方面明顯樂觀，另些方面則無疑是悲觀的。我覺得我是個「樂觀的悲觀主義者」，「悲觀主義者」是主詞，代表我的人生基調、立場或本質；而「樂觀的」是修飾或形容詞，意指在生活策略上，我還是會開朗、積極地去做我可以做的事，來排遣、化解我的悲觀，或為它添加色彩。

在從父親病重到母親離世的六年中，我所經歷的可以說就是這種「樂觀的悲觀主義者」的生活。我父親在九十歲、母親在八十八歲時過世，也屬高壽；其實早在一二十年前，我就擔心天有不測風雲，如果他們當時有個三長兩短，那就真的會讓我扼腕；雖然最後該來的終於來了，但我還是盡己所能，除了請外傭、帶他們接受我認為該有的治療外，我更經常帶他們出外散心、到遠地旅遊（譬如花蓮）；從輪椅抱上抱下，受不意的尿屎折騰，但「苦其心志，勞其筋骨」，也是在「增益其所不能」。

看到父母吃到好吃的、遇見好玩的事而露出隱約的笑意，也會讓我高興個半晌。每次出門，我都會為頭髮快掉光的父親戴上他出國喜歡戴的草帽，為表情有點呆滯的母親戴上酷酷的太陽眼鏡；在他們「苦」與「壞」的過程中，我承擔得愈多，就愈經歷以前從未有過、彌足珍貴的親子親密關係。我品嘗苦難，但也感到欣慰，就像弘一大師的臨終感悟：它們讓我「悲欣交集」。

就是在這段愁雲慘霧期間，我竟也有了比以前更豐富、更光彩的人生：我更勤於寫作，每年都出版一兩本新書；也更樂意到各地演講，順便了解該地的風土民情。我也許是藉這些活動來排解、忘卻我的哀傷，但也許是父母的病痛讓我懂得珍惜苦短的人生，想更積極地善用。也多虧弟弟和姊妹能分攤照顧父母的責任，使我能有一些自由的時間。

當父親在醫院過世時，我安排好一些該辦的後事，請姊弟代勞，隔天一早就開車南下，到某校做兩場演講（上下午各一場）。當我和妻子到日本做五天的自助旅遊時，第一晚在大阪就接到弟弟的電話，說母親忽然惡化送急診，醫師發出病危通知，第二天一早我立刻請飯店代訂傍晚回台北的機票。當我在學校的講台上對學生侃侃而談，不時想起昨天過世的父親；在等班機的空檔登上大阪城天守閣極目四眺，腦中浮現已經病危的母親；我不禁悲從中來，但我又能如何？我要放下一切，默默蹲在牆角，低頭承受命運無情的打擊嗎？

我想這也不是父母對我的期待。我希望他們活得快樂、認真而有意義，他們應該也希望我能如此。天有不測風雲，在淒風苦雲中，我也只能強顏歡笑，認真地去做當時我應該做、可以做的事。

如今，岳母也已在幾年前過世。母親忌日時，我和妻子到三芝北海福座去向父母、岳父母，還有其他親人的塔位行禮致意。山上微雨，但下到三芝街上，卻天清氣朗，我們先到麟山鼻去看藻礁、沙灘和漂流木，然後到金山老街去吃大碗三點蟹海鮮粥，再到龜吼漁港的藍藍海咖啡，看著基隆嶼喝下午茶，覺得人生真是美好。

佛教裡有個寓言故事：有一個人行經荒野，忽然遇到一頭猛虎，他嚇得轉身逃跑，而老虎則在後面緊追不捨。後來，他跑到一處懸崖邊，用兩手抓著一根垂下的枯籐，身體在半空中搖晃不已。他抬頭上望，崖上的猛虎正對他咆哮怒吼；低頭下望，糟糕！崖下居然也有一頭猛虎，亦張著血盆大口在等著他。

更要命的是，他發現有兩隻老鼠，一白一黑，正拚命地啃咬他所攀附的那根枯籐。就在這千鈞一髮之際，他忽然瞥見崖邊長了一顆鮮美的草莓。於是，他以一手攀藤，以另一手去摘那顆草莓，送入口中，嘗了一下，不禁讚歎：「味道真是鮮美啊！」

近年來，我對這個寓言故事特別有感。也許，它就是一個樂觀的悲觀主義者最好的寫照。

逆行中，發現的意外驚喜

下午四點多，老婆說不想煮晚飯備菜。「那就去看夕陽，順便吃晚飯吧！」「去淡水嗎？」「幾個月前才去。換個地方吧！」

於是上六十四號快速路，到台北港後，轉六十一號西濱快速路南下。看看右邊的台灣海峽，太陽已經西垂，但還沒有落海的意思。倒是有一柱又一柱的風力發電機列隊在海邊，不停地向我們揮手致意。

「到底要去哪？」坐在身邊的妻子好奇問。「我也不知道。反正這條路沿著海邊走，看太陽要下海時，我們就停下來觀賞。隨興出門，隨遇而安啦！」西濱快速路以前走過多次，但都是假期到中南部時怕高速公路塞車才走，也都是早上往南走，下午或夜間往北走；在傍晚時分從北往南走倒是生平頭一遭。

也許因為時間、方向、目的和心情都不同，看到的景觀和感受也跟以前不一樣。因為不是假日，沿線車子比預期的少，特別是觀音到新豐那一段，前後都看不到車子，真是難得的清閒，我不知不覺放慢了速度。妻子忽然說：「我想起來啦！有一次我們走西濱快速路，好像在新竹附近看到一個落日大道，去那裡看日落應該不錯！」

沒錯！就是在新竹美山，但因幾年前路過時是下午三點，離落日還早；今天的時間剛剛好，說不定我潛意識裡就是想到美山看夕陽，所以才會憑直覺走上西濱快速路的吧？而妻子的回想喚起的竟是我們的共同記憶？真是心有靈犀一點通啊！

我們五點半到新竹美山，停好車，走上堤防，發現太陽離海面還有一小段距離，但已開始轉紅，在夕陽映照下的溫柔濕地，有一圓弧形的架高步道，有幾個遊客在上面佇足、拍照，那是設計新穎的賞蟹步道，六點就要關閉。我們成了最後一批觀賞者，走在步道上，俯看正在泥灘上覓食的招潮蟹、和尚蟹，雖然比我少年時代在大肚溪口慣看的少而小，但也是一種新奇的體驗。

離開賞蟹步道，走上堤防，正要落海的夕陽將海面和天邊的雲朵染上紅豔的色彩。已有人在堤防上架起專業的大砲相機，準備拍照。我們則迎著海風，望向天邊，看著大自然為我們譜寫的美麗詩篇，並用手機捕捉了一些影像。雖然以前也在金山、淡水海邊看過夕陽，但卻不像這次這樣專程而遙遠。直到天色整個暗了下來，我們才到南寮漁港用餐。

這又是不一樣的體驗，以前總是和父母及兒女在假日出遊時，來此吃中飯，非常熱鬧；這次只有我們夫妻兩人，其他食客也寥寥無幾，顯得有點稀微，但稀微有稀微的美好。餐後轉而走六十八號快速路，到芎林再接國三回中和。

生活，總會在不知不覺間形成某些軌跡，在習以為常後，就會因缺乏新意而讓人感到沉悶，但只要稍微改變一下方向或順序，往往就會發現意外的驚喜。年輕時候我習慣晚睡晚起，有時到三四點才睡，醒來已接近中午；但近年來已變成十點不到就上床，凌晨四點多就醒來。起居習慣沒什麼變化的妻子反而比我晚起，但她若早起，我們就會一起出門散步，然後在外面吃早餐。先是在住家附近的中西式早餐店，後來再早一點，就開車到萬華吃肉粥、迪化街吃旗魚米粉、碧潭吃燒餅油條。當多數人開始準備上班時，我們已經眼足肚飽，愉快地要打道回府了。

有一天，我早上四點半起床，寫了些東西。妻子五點多起床，梳洗完畢，剛好六點。「我們到礁溪吃早餐吧！」說走就走。車上聽收音機說今天七夕，是傳統成年禮節，也是情人節。我不覺拍拍妻子的大腿，彷彿有一對永恆的少男和少女，從我們內心深處愉快而安靜地升起。

國五一路順暢，還沒七點就來到礁溪的玉仁八寶冬粉店。我們點了兩碗八寶冬粉，吃完到隔壁的德陽宮繞一圈，廟埕牆上的三太子對我露出童心未泯的笑容。然後打電話給白鵝山谷的園主張敏郎，知道他已經在場後，於是前往白鵝山谷的咖啡園區，喝兩杯「奉咖啡」，買了一磅的藝伎咖啡，和張敏郎及附近來幫忙的農夫閒話桑麻……。

也許因為這次新奇而美好的經驗，一兩個月後的某一天，妻子起得更早，漱洗完畢，我說：「我們到太平洋看日出吧！」於是抓緊時間，五點半摸黑上高速，六點半到南方澳。看見南天宮裡燈火通明，香客滾滾，好奇入內，才知道原來是南部來的進香團在內側餐廳吃完早餐後，做離開前的最後參拜。

這是我生平頭一遭這麼早進入一間廟，覺得蠻新鮮的。在廟裡繞了一圈後，我們到附近吃了魚丸粄條、米粉和鯊魚煙，回來看到進香團正在宮前由神轎、乩童與八家將（或宋江陣？）舉行盛大的神明辭行儀式，那些裝扮、姿勢、動作和聲音似乎都充滿了特殊的意義，讓第一次目睹的我們大開眼界。

看完整個儀式，天光已亮，但整個天空灰濛濛的，大概早已過了日出時間，也看不到太陽了。但我們還是買了兩杯中熱拿，到內埤海灣，坐在靠椅上，對著太平洋喝咖啡。內埤海灣以前也在黃昏來過，現在則是清晨，同樣的海、同樣的天、同樣的山、同樣的人，但卻有著不同的心情和感受……。

兩次到宜蘭吃早餐，在回程時，出了雪山隧道，發現從坪林、石碇到新店，往宜蘭的車子大排長龍，而反方向而行的我們卻一路順暢。這時候難免就會覺得：什麼是愜意的人生？在不同的時候，選擇不同的方向到同一個地方，也許就能活得自在一點、有趣一點、愜意一點。

這不是沒事幹的老人在說風涼話。日本的渡部昇一在《知識生活的藝術》裡提到他的一位朋友，年輕時候經濟條件很差，每天從住處搭電車到公司要花一個半鐘頭，本來他跟別人一樣都搭能及時趕上上班的最後一班，沿途像擠沙丁魚似的，到公司已快筋疲力盡。後來，他決定反過來，改搭第一班車，每天清晨五點不到就出門，在乘客稀少而清爽的車內閱讀對他有益的書籍。在進入空無一人的辦公室後，他從保溫瓶裡倒出紅茶，吃一頓簡單的早餐，然後好整以暇地攤開書本和稿紙，開始翻譯（賺取翻譯費兼進修），一直到早上九點，當別人來上班的時候，他已經完成了一大堆工作。原本兩袖清風的他，後來在大東京都內擁有四千坪的私人宅邸。

逆向，不只是跟多數人或自己過去的方向相反，還包括順序上的顛倒；不管是在工作上或生活上，只要打破習以為常的軌跡，逆向而行，往往就能發現意外的驚喜，甚至為自己的人生帶來改變。

生命，因曲折而美麗

從鵝鑾鼻到佳樂水途中，有一個地方叫風吹沙，顧名思義，是由季風將海邊的黃沙吹向台地所形成的獨特景觀。抵達風吹沙時已近黃昏，我們照了幾張相後，就走下沙丘，到海邊漫步。夕陽將天邊的雲朵映照得五彩繽紛，一艘貨輪正緩緩北駛，極目四顧，遙想南方之南的呂宋島，心中有一份清淡的閒適。

當我們往回走時，發現沙丘也染上了燦如黃金的色彩，而剛剛走過的足跡在夕陽的映照下，顯得特別清楚。記得方才我們是悠閒而筆直地往海灘前進的，但留在沙丘上的足跡，現在何以顯得那麼凌亂而曲折呢？我的腦海裡一下子浮現穿越沙漠的駱駝和商旅的足跡，還有北極熊和麋鹿在雪地上留下的腳印。

曲折，正是所有生物前進的自然方式，也是河流前進的方式；而凌亂，則是每一個人都有他各自的曲折。

回望自己走過的人生道路，每每因發現足跡是那樣的曲折與凌亂，而覺得自己走了太多冤枉路。心想當初如果能及早確立目標，然後朝目標筆直邁進，那不知道該有多好？但這樣的追悔與怨嘆其實只是想當然爾。沒錯，兩點間最短的距離是直線，但那只是幾何學，在真實的世界裡，沒有這樣的人生路。即使有，恐怕也不是我們真正想要的。

美國佛羅里達的迪士尼樂園由建築大師格羅培斯（W. Gropius）設計和興建，在精心完成各具特色的獨立景點後，要如何聯絡各景點間的路徑卻讓他頭痛不已，修改了五十多次還覺得不滿意，最後決定「順其自然」，在各景點間的空曠處撒遍草籽，提前開放，讓遊客自行踩出一條路徑，然後再依大多數遊客踩出來的痕跡鋪設人行道，結果這樣的人行道因「曲折蜿蜒，寬窄適度，自然優雅」而榮獲一九七一年國際園林建築藝術的最佳設計獎。

即使是單純的從甲地走到乙地（當然需要有點距離），人類也不會照死板而無趣的直線前進，更何況其他？崇尚自然的莊子說了一個「庖丁解牛」故事：一般廚師在殺牛時喜歡硬碰硬，用刀直接去砍骨頭（就好像走直線），刀子很快就磨損。而庖丁則順著牛體結構的自然紋理，刀鋒沿著骨頭與肌肉的間隙遊走，遊刃有餘，不僅牛不會感到痛苦，連被解體後都還渾然不知；庖丁的刀子更在用了十九年後，依然銳利如新。

庖丁說他依循的是「道」——迂迴曲折才是自然的大道。主張師法自然的莊子認為在為人處事方面，兩點之間最理想的路線是曲線，因為它們看似迂迴，但卻是阻力最小、最可行、所花時間最少的路線。人世間當然也有直線，譬如城市裡的棋盤式街道、高聳矗立的大樓等，但這些都是人為的建築，一走出城市，道路就跟河流一樣蜿蜒了。

歐洲的萊茵河在歷史上經常氾濫成災，德國的水利專家認為那是萊茵河道太過彎曲所致，而在一九五〇年代對萊茵河的許多支流進行截彎取直的整治，想不到水患反而更加劇烈。到了一九八〇年代，德國政府不得不公開認錯，將取直的河道又回復原來的彎曲。河流的曲折是自然形成的，它的存在一定有它的道理，自以為是地截彎取直，違逆自然的結果往往得不償失。

所有邁向巔峰的道路也都是曲折的，不管它是自然界的高峰或人生的巔峰。維根斯坦（L. Wittgenstein）是我喜歡的一個哲學家，不只因為他的語言分析哲學獨樹一幟，更因為他的人生非常曲折：維根斯坦早年在德國讀機械工程，後來到英國專攻航空科學，因為飛機噴射反應推進器的設計涉及數學，而使他對數學的哲學發生興趣，於是轉而到劍橋大學攻讀哲學。在讀了兩年後，他忽然跑到挪威，在鄉間蓋一間茅屋，成為隱士。一戰爆發，隱士變成戰士，他回到奧地利加入陸軍，轉戰各地四年，最後被敵軍俘虜，成為囚犯。戰後，他又嚮往當個小學教師，而進入師範學院就讀，然後在鄉下教了好幾年書，直到四十歲，才又回到劍橋大學，繼續他未完成的哲學「學業」。

沒有人會說維根斯坦如此迂迴曲折的人生路是冤枉、不智、磋跎時光，因為他的哲學成就比那些從小就立志以哲學為業，勇猛前行、一無反顧的人強太多了。我們甚至可以說，曲折，使他有了多彩的人生和非凡的哲學成就。

有些人的曲折人生的確讓人心嚮往之，不過，人可能還有更深層的渴望。在每一棟鋪著草坪的建築物前，總是有人為的筆直道路引導我們通往入口，但也總是有人在草坪上走出另外一條路來（除非草坪被圍上柵欄），它不一定比較近，但卻總是曲折的。更有趣的是，曾經看到一則報導說，有一個建築師為了不讓人踐踏草皮，或者為了更符合人性，而在他所蓋圖書館前的草坪上，特別仿照一般人前進的方式，設計了一條通往入口的曲折的水泥步道。但是過沒多久，來圖書館的人還是在這條看似自然的曲折水泥路外，走出另外一條曲折的步道來。

從甲地到乙地，直線只有一條，但曲折卻可以有無數種。人類和所有生物最自然、也最喜歡的前進方式，不只是曲折，而且還顯得凌亂，因為你有你的曲折，我有我的曲折。即使有人為我們安排了某種曲折的方式，我們還是會不自覺地選擇另一種曲折。那不是「冤枉」，而是因為我們「喜歡」。

在每個人的身上，從裡到外，我們也找不到一條直線。單就臉部來說，眼耳鼻唇都是曲折的，但卻找不到兩張同樣的臉，因為每個人的臉都有他各自的曲折，而就是這種「凌亂」，造就了塵世的各種繽紛。

那一天，當我從沙丘走回公路上的車邊，回望下面的海灘，在遠方的海天之際，看到一條跡近完美的水平線，但我知道那只是一個迷惑世人的幻象。而在近處，在海洋與陸地的交錯之處，我彷彿是第一次注意到它們竟然是如此的曲折，如此的美麗。

自然與人生，都因曲折而美麗。

網路世界裡的有待與無待

一位友人說他最近幾年一直在「憂國憂民」。正想對他能以蒼生為念表達敬意時，他卻自我表白說他其實是在「擔憂國民黨又擔憂民進黨」，怕這兩個政黨的纏鬥不休會把他的人生搞砸了！

上次總統大選，他不只天天關心，而且幾乎是每小時都上網去看選情有什麼新變化，心情也跟著七上八下、不得安寧。好不容易塵埃落定，他又轉而注意美國和中共的磨擦，也是一天上網好幾次，心情又隨之起伏不定，無法靜下心來做自己該做的事。他的人生的確是有點被「搞砸」了！

這是網路時代很多人的通病。表面上是在關心國家大事與世界局勢，它們的確可能對個人的生活遠景帶來影響；但花太多時間在這上頭，因而變得心浮氣躁，對自己人生的影響可能來得更迅速而且還更嚴重。老是掛在網上看這些新聞，看似在「主動掌握」最新訊息，其實是在反映「生命依賴性」：他一再上網，真正的原因是在期待蔡英文或韓國瑜、川普或習近平有什麼新作為能為他的人生帶來希望與改變，也就是他把他的一部分人生寄託在他們身上。

很多人在臉書等社群媒體上也有類似的表現：一再上網去注意有多少人來來對自己所發的訊息按讚或留言；然後又去看別人的臉書，你來按我讚我也給你個讚，互相拉抬並暗中較量；還費心揣測什麼樣的內容能獲得更多的讚。從某個角度來看，這也是經營自媒體應有的主動做法，但每幾分鐘就上網一次，其實也是太過期待和依賴別人能為自己帶來什麼，甚至根據他人的反應來界定自己的行情，而這些主要都「操之在人」，依然有「生命依賴性」的成分。

當然，人生在世，不可能不顧及別人，留意大人物帶動的社會風向，臉友網民對自己的觀感、回饋，可以為我們的人生走向提供不錯的參考資訊。問題是在任何時刻、任何地方都可免費上網的今天，它很容易讓人「上癮」。花太多時間、甚至按捺不住而一再去關注這些訊息的變化，不僅讓人變得心浮氣躁；更因為這些來自他人的訊息和回應，都不是自己所能掌控的；隨之起舞，就愈可能讓人失去生命的自主性，而在網路叢林裡迷失掉自我。

幾個月前，忽然看到一個臉友說：「多謝大家關照，但因不想再分心，即日起退出臉書。」我想他的「分心」可能含有我上面所說的成分：花太多時間、太過期待和依賴別人的回應，會讓它們干擾自己的心情與日常。

莊子是我喜歡的生活哲學家，我在《莊子陪你走紅塵》這本書裡提到，莊子人生哲學的最高境界是「無待」──對外在的人、物、事無所依賴、也無所期待，那才是真正的逍遙自在。但我想這只是一種理想狀態，我們不可能完全不依賴外在世界，我覺得莊子若活在這個時代，那他可能會有一部筆電或一支手機，因為這有助於他在「出入六合，遊乎九州，獨往獨來」時，獲得需要的訊息；重點是要「物而不物」（使用外物而不為外物所役使），對手機和網路不排斥擁有、不拒絕使用、能善加運用而又不會被牽著鼻子走，那才是真正的逍遙自在。

莊子可能會上網，但應該是為了尋找他人生旅程中需要的訊息，而不會成天去留意社會或世界上發生什麼大小事。他可能會有部落格或臉書，但應該也只是在談他的逍遙遊、齊物論或聞見思，而不會天天去看孟子、惠施（三人同時代）的臉書，然後互相留言、按讚吧？

當我如是設想，並嘗試以莊子為師後，就覺得受益良多：我現在已不再看電視新聞和政論節目，只偶而到幾個新聞網瀏覽一下世界和國內最近發生了什麼事，習慣以後，發覺隔個三到五天才上網看一次新聞（花十分鐘），不僅不會漏掉什麼大事，對自己的日常生活也沒有什麼影響，而且還因此變得「耳聰目明，神清氣爽」；也能多出不少時間做自己的事。

我還是有部落格和臉書，也繼續在發訊息或文章，但如今它們只是我和外在世界保持聯繫的窗口，我在上面露臉，用意是想告訴大家我還活著，還在做些什麼、想些什麼。盡量做到要發文時才上臉書，至於有多少人、又是什麼人來按讚，別人又在他們的臉書做什麼，離我的世界已愈來愈為遙遠。我不再「期待別人能給我什麼」，也不在意「我是否符合別人的期待」，如此我行我素，似乎會讓人不以為然，但自己無所謂就好。

莊子的「無待」可能還包括對自己也無所期待、無所依賴，把自己和人間世都忘了，而臻於自然無為、無我無人的境界。但如此境界不僅我無法達到，也不是我想要的。我認為人生應該還是要有所期待與依賴，只是年輕時候，我對他人與外界有較多的依賴與期待；但隨著年歲的增長，這方面的需求已愈來愈雲淡風輕，而開始認為：如果我想對自己的人生擁有更多的自主性，那我就應該轉而期待和依賴我自己：用自己的力量，照自己的方式，讓未盡的人生能更符合自己的想望。

更正確地說，我的「無待」只是「不再有待」，不再等待、奢望別人能帶給我什麼美好的東西。當然，當有人主動提供給我這樣的機會時（多半是透過臉書與部落格），如果能符合我的價值觀和趣味，我也不會拒絕。不過因為心無所待，我會把它們當作豐富我生命的「額外的驚喜」，不會認為機不可失，就想抓住不放，在遷就對方時失去自我。

網路世界比現實世界來得豐富而又便捷，我現在上網除了到臉書和部落格發文章外，主要是去尋找我想要的資訊、想看的影劇，世界各地的風土民情。當我對周遭人和事的興趣愈來愈淡薄、愈無所期待後，我的現實生活也跟著發生了變化：因為不再被動地期待別人的邀約或安排，所以開始自己主動地去規劃今天、下個月、明年、餘生要做什麼。從某個角度看來，好像我的生活圈子縮小了，但如此自歌自舞自徘徊，卻另有難得的自在安詳。

歐巴馬在競選美國總統時說：「如果我們在等待另外某個人或某個時刻，那麼改變就不會來到。我們就是我們一直在等待的人，我們就是我們在尋找的改變。」他這段話為什麼能那麼打動人心？我想有個原因是：它道出了生命的某種真諦，也觸動了我們內心深處的某種渴望。

你才是你在等待的人。在等待自己時，第一個要改變的就是個人在網路世界裡的行為，靜下心來好好想一想：你對它的期待是什麼？

快樂是我的義務，也是決心

每逢生日，不在身邊的女兒和兒子總會來信或來電：「祝把拔生日快樂！」剛開始，我只簡短回覆「謝謝」，然後就轉而要身在異國的他們自己多保重；但到後來，我的回覆變成：「我很快樂。也祝你快樂，大家都快樂！」看起來似乎變得有點俗了，但其中有深意焉。

當兒女祝我生日快樂時，我會先告訴他們：「我很快樂。」不只說接收到他們的祝福讓我覺得欣慰，更因為他們就是我人生快樂的一大泉源。回想過去，看著他們出世，是一種快樂；看著他們成長，我的快樂也跟著成長。在換尿布、講故事、教下棋、送便當、抓蝦烤肉、陪聯考、環島遊、張羅結婚喜宴、接機送機中，我都感受到各種不同的快樂。雖然也有讓人煩惱的時刻，但如果沒有他們的存在，我就無法體驗那麼多種的快樂。

也許，這些快樂是我盡父親責任所得到的副產品。但我也從中慢慢體會，快樂，其實也是我做父親的一種責任、一種義務。因為只有我能滿心歡喜，快樂地去換尿布、講故事、教下棋、送便當、抓蝦烤肉、陪聯考、環島遊、張羅結婚喜宴、接機送機，讓兒女看到我眉開眼笑地在做這些事，他們也才能快樂。而我，自問是衷心希望兒女快樂的，但我已了解只有我讓他們看到或知道我很快樂，他們才能無礙、放心地快樂。所以，我會告訴子女：「我很快樂。」

接下來，「也祝你快樂」，因為只有子女也都能快快樂樂的，沒有什麼讓我牽掛的，我也才能無礙、放心地快樂。當彼此都知道對方也很快樂時，才能「大家都快樂」。

在結婚一段時間，夫妻關係變得更你儂我儂後，妻子經常會伸手去搓我的眉間，說：「你不要老是皺著眉頭，看了就讓人不舒坦。」雖然我看不到自己的臉，經她一再提醒，我才驚覺我的確有「眉頭深鎖」的毛病。但為什麼會「愁眉苦臉」呢？其實也不是心裡有什麼不愉快的事，可能是因為以前學生時代長年獨居，讀太多或想太多沉重、讓人鬱悶的書與事，不知不覺被刻鏤在臉上，習慣成自然的一種標記。但這的確是很不好的「臉色」，特別是讓自己的至親看到了，難免會擔心：到底是什麼事讓我眉頭深鎖、如此「不快樂」？而因為我的不快樂，對方也就快樂不起來。

不想再讓妻子因我眉頭深鎖而不快樂，所以我有事沒事就自己用手去撫平我的眉頭，而且一想起來就「下令」臉部肌肉保持笑容。因為我相信美國心理學之父威廉·詹姆士的說法：「不是因為快樂讓你笑，而是因為笑讓你快樂。」我發現只要我愈常露出笑容或哈哈大笑，我就愈能有快樂的心情。

快樂其實就是一種心情，它不是「身外之物」，不是存在於外在的人、事、物或地方上的某種東西，而是內心的一種感覺。只要我有一顆快樂的心，那麼即使是尋常事物，也能讓我覺得快樂無比；如果我的內心陰沉，那麼即使是讓多數人樂翻天的事，對我來說也將味同嚼蠟。

當莊子和惠施站在橋上，看著橋下水中的游魚，莊子說：「你看那些魚多麼快樂啊！」惠施抬槓：「你不是魚，怎麼知道魚快樂？」莊子辯解：「你也不是我，怎麼知道我不知道魚的快樂？」然後就進入一場邏輯爭辯中。我覺得這個故事其實很簡單：莊子為什麼知道魚的快樂？因為他有一顆快樂的心。一個心情快樂的人，不管看什麼東西，也都會因「移情作用」，而被他染上一層快樂的色彩；而惠施，也許因為他一心想要在邏輯思辯上勝過莊子，對水中的魚也就無法有如莊子般的感受。

當我對至親說「我很快樂」，或在他們面前露出快樂的笑容，並不是「不快樂卻假裝很快樂」，因為快樂是一種心情，而我要有什麼心情主要來自我的選擇。每天醒來我都可以有兩種選擇：要快樂還是不快樂？而我總是選擇快樂，以快樂的心情來迎接等待我的各種人與事。當然，會遇到什麼是不可預期的，以前，在遇到不好、特別是讓自己憤怒或焦慮的事情時，我常會身不由己地被本能的反應拖著走，而陷入我並不想要的境地；但後來，我總是先稍停片刻，提醒自己：「如果我是自己的主人，那我可以有兩種選擇……」當我選擇用開朗、快樂的心情面對時，我就能有比較平和、適當的反應，事後也讓自己較為滿意，覺得比較快樂。這其實也是一種正向回饋。

快樂，甚至是一種決心。當我決心擁有快樂的心情或決心快樂，就像我決心做某件事，我的感覺和思想受到催化、動員，我就能更敏銳地體驗到更多的快樂。當然，這也不是對各種悲傷或不幸都嘻哈以對，不當一回事，而是不要再用不幸和悲傷的心情來面對，因為那只會讓不幸和悲傷更加地不幸和悲傷；當我改用正面、樂觀、開朗的心情來面對它們時，雖然無法改變它們，但卻可以改變自己，讓我的負面情緒降至最低，更理性、雍容、圓滿地度過難關。減少不快樂的悲傷和不幸，其實也是一種快樂。

有人主張快樂是一種權利。這樣說，其實也沒有什麼不對，每個人的確都有追求快樂的權利，也真的需要快樂；但若只把快樂視為權利，那就很容易變成過分的要求，而且在恣意揮霍快樂後，很快就會弄得杯盤狼藉。所以，我還是較喜歡把快樂當作我的義務、我的責任，以它來引領我的快樂，讓我由裡到外散發出愉悅的光彩，讓旁人看了，也都能感染這種光彩。除非我快樂，否則我的父母妻兒就不可能快樂。為了家人，甚至為了整個社會，我都有責任、有義務快快樂樂。

所以，我選擇快樂、決心快樂。而就因為這樣，我有愈來愈多的快樂經驗，也開始認為自己是一個快樂的人。認為自己是個聰明人，也許表示我不過是個蠢蛋；但認為自己是個快樂的人，並不吝於讓父母妻兒、親朋好友廣為周知，讓大家都能無礙、放心地快樂，則是一種生命的智慧。

想和馬戲團一起離開的人

我問過不少年紀跟我差不多的人：「小時候看過馬戲團嗎？」大部分的人都說沒有，而且還覺得有點遺憾。我算是幸運的，雖然只看過那麼一次，但卻留下不可磨滅的印象。

讀小學時，一個馬戲團來到了台中市，就紮營在台中公園外。這是當時的一件盛事，各式各樣的攤販沿著營區外面的馬路兩邊排開，每天從早到晚人潮不斷，各種顏色、聲音、氣味混雜出熱鬧無比的嘉年華會氣氛。當時我家就在台中公園附近，我三天兩頭就往營區跑，那些在獸籠裡不安走動的大象、獅子、老虎，還有馬路邊「人頭蛇身美女」表演的看板，一再撩撥我青稚的心靈。

馬戲表演的大帳篷邊，被黑絨布遮住、狹小的收票口，彷彿就是通往另一個奇妙世界的入口，但我似乎只能望門興嘆。

有一天，母親悄悄告訴我，她要帶我去看馬戲團。我高興地幾乎要尖叫，但不能讓弟妹知道，因為母親的積蓄只夠多買一張兒童票。於是，懷著光榮、罪惡與祕密的心情，我和母親穿過那狹小的入口，在充滿異國情調的表演場裡，目睹了奇裝異服的小丑、金髮碧眼的美女、空中飛人、彈簧跳、單車特技、籠內飛車、大象與獅子的馬戲秀等等。

時光飛逝，不知不覺間就結束……。於是，像是不甘心從一場美夢中清醒過來般，低垂著頭，和母親緩緩走出大帳篷。隨後好幾天，我都有一種「魂不守舍」、「精神脫臼」的感覺。直到馬戲團離去，看著那空空如也的營地，我依然覺得如夢似幻。

後來，發現很多人都把小時候看馬戲團的經驗視為童年生活裡的一個重要的插曲。說它是「插曲」，因為馬戲團並非生命計畫裡的一部分，但它的突然闖進來，就像在孩童小小的心湖裡丟下一塊石頭。當年的我，對它所激起的漣漪其實只有模糊的感受，直到看了柏格曼和費里尼的電影，我才了解它所代表的深刻意義。

瑞典的柏格曼（I. Bergman）和義大利的費里尼（F. Fellini）是二十世紀中葉知名的世界級導演，我對他們的電影也是情有獨鍾，兩個人都喜歡以夢境般的魔幻寫實來探討抽象晦澀的人生問題，而具有濃厚的精神分析與自傳色彩，譬如柏格曼的《飢渴》、《莫妮卡》，費里尼的《八又二分之一》、《愛情神話》等。後來我更發現，雖然兩人的身世和成長環境極不相同，但他們在童年時代，卻都是「想和馬戲團一起離開的小孩」。

柏格曼七歲時，家人帶他去看馬戲團表演，他看了立刻陷入「狂熱的興奮狀態」，馬戲團裡一位年身穿白衣，騎著一匹高大黑色種馬繞著場子跑的美麗女郎讓他深深著迷，他以「愛絲美麗妲」稱呼她，幻想和她同進同出，最後竟至向班上的鄰座同學撒謊說，他父母已經把他賣給馬戲團，過不久他就要輟學離開家，到馬戲團接受雜耍訓練，然後和愛絲美麗妲一起到世界各地去表演。

老師知道後，認為茲事體大，寫了一封措辭嚴厲的信給柏格曼母親，父母大為震驚與憤怒，結果，他受到一場可怕的審訊和處罰。

費里尼小時候也喜歡看馬戲表演，他回想在迷人的圓拱棚下，燈光大放、鑼鼓齊嗚，坐在父親膝上的他看著小丑的蹦跳，聽著馬匹的嘶叫，「冥冥中有種感覺，我本就該來這兒，他們都在等我」。以後，只要有馬戲團紮營在離家不遠處，他幾乎每晚都會去看他們彩排，「那可能只是個小馬戲團，但對我卻像太空船、熱氣球般龐大神妙，我恨不得跟著它巡迴各地。」

有一次，他居然偷偷地想跟馬戲團離開，而害家人瘋狂地找他找到半夜，他失蹤的消息傳到學校後，老師在課堂上罵他「我們班上多了一個小丑」，他聽了竟然「高興得幾乎昏了過去」。

在費里尼的《賣藝春秋》、《大路》、《八又二分之一》等幾部經典電影裡，我們都可以看到他的「馬戲團情結」，雖然電影裡的賣藝人已多了一種辛酸，但馬戲團依然是在平淡無趣的生活中，激起人們嚮往遠方瑰麗人生的夢幻窗口。在柏格曼的電影中，我們較少看到這種「馬戲團情結」，但它們的夢幻色彩、在脆弱易感的少年與現實無情的成人世界間的永恆衝突，似乎就是他對童年時代「愛絲美麗姐事件」的懷想與辯護。

直到四十歲，我總算明白我為什麼無法成為一個像樣的藝術家。也許，對來自另一個世界的召喚，我的回應始終不夠敏銳與強烈，就像小時候看馬戲團，它雖然讓我看到了一個奇妙瑰麗的世界，讓我流連驚歎，但我並未真正想「和它一起離開」。

在寂靜而幽闇的電影院裡，觀賞柏格曼和費里尼的電影，總是讓人有一種特別的感受，很容易就對他們所營造的夢幻世界心生魅惑，覺得在外面的現實世界之外似乎還有一個令人嚮往的世界；而電影，其實就是柏格曼和費里尼的馬戲團，它們在召喚那些想要跟他們一起離開的人。

懷著這樣心情的我，在走出電影院，回到現實世界後，雖然面對的是繁瑣而無趣，但它的明亮卻也總是能逐漸驅散在黑暗中滋生的魅惑；直到有一天，因為太過明亮或太過無趣，耳邊又響起那低聲的召喚，才又讓我再度走進黑暗的電影院。

就在這種輪迴中，我逐漸老去，愈來愈少聽到有馬戲團來表演的消息，反而看到愈來愈多關於馬戲團中的野獸、奇人（畸零人）、小丑悲慘生活的報導；那絢麗、迷人、短暫的馬戲人生背後，隱藏著太多不為人知的黑暗、不堪的血淚。愈來愈多的人呼籲，有良心與良知的人應該拒看這種「用黑暗包裝出來的光明」的馬戲團表演。

但生活中很多看起來光彩迷人的人與事，不也都是如此嗎？

也許，我已沒有再去看馬戲團表演的機會；即使有，恐怕也沒有什麼心情想再去看。但想起我童年時代所看過的那唯一一場馬戲團表演，心中依然充滿懷念，懷念的不只是它讓我目睹了一個讓人心嚮往之的奇幻瑰麗的世界；還有我童稚的心思，不知道光彩亮麗的背後經常隱藏著黑暗悲慘，而繁瑣無趣的生活中總是有等待我去挖掘的美好歡樂。

輯二

旅途漫思

多瑙河畔，一個旅人的藍色遐思

一條河流，蜿蜒穿越一座城市。世間太多這樣的景致。但在知道這條河叫多瑙河，這座城市叫布達佩斯後，原本一片模糊的腦中就會開始浮現一個個清晰的影像。

站在布達城堡山漁人堡的長廊，俯瞰下方靜靜流過的多瑙河，寬廣河面上一座又一座連結布達與佩斯兩個城區的橋梁，還有沿著河岸伸展開來高低不一、五顏六色、錯落有致的巴洛克、哥德、新古典風格的建築，不得不歎嘆布達佩斯的確是多瑙河上的一串珍珠項鍊。

發源於德國黑森林的多瑙河，在注入黑海前流經德國、奧地利、斯洛伐克、匈牙利、克羅埃西亞、塞爾維亞、羅馬尼亞、保加利亞、摩爾多瓦和烏克蘭等十個國家，堪稱是世界上穿越最多國家的河流。

奧地利作曲家小約翰．史特勞斯（Johann B. Strauss）創作的《藍色多瑙河》圓舞曲，曲名源自詩人卡爾．貝克的「多瑙河畔，美麗的藍色的多瑙河畔」，它也讓人覺得多瑙河就像一條美麗的藍絲帶穿越這些中、東歐國家。但據統計，多瑙河的河水在一年中從濁黃到深綠，要變換八種顏色；時間最長的是寶石綠（約一百天）。顏色多變主要是受氣候、地形的影響，不過多瑙河確實也是一條美麗的河流。

「藍色」也有「憂鬱」的意思，小約翰．史特勞斯的創作《藍色多瑙河》，就有撫慰奧地利被普魯士擊敗的哀傷心靈、鼓舞人心的用意。布達佩斯雖是多瑙河畔最美麗的城市，但想起她的身世，也是歷盡滄桑：她建城於羅馬帝國時代，先後受到匈奴、蠻族、蒙古大軍、鄂圖曼帝國、哈布斯堡王朝、蘇聯、德國納粹的入侵與血洗，的確有過一片片的愁雲慘霧。在歷史的傷痕中，整座城市也一再被摧毀與重建；我身後的馬加什教堂就曾搖身變成清真寺，然後又再恢復為教堂……。

剛剛在東岸佩斯城的多瑙河邊，我們參觀了匈牙利愛國詩人裴多菲．山多爾（Petöfi Sándor）的雕像，他就是大家都能朗朗上口的「生命誠可貴，愛情價更高；

若為自由故，兩者皆可拋。」一詩的作者，那也是他為了爭取匈牙利人的自由，參加反抗奧地利的起義軍時所作，但不幸壯烈犧牲。他在另一首詩裡提到：「我們那遙遠的祖先，你們是怎麼從亞洲走過漫長的道路，來到多瑙河邊建立起國家的？」

我在高中時代聽說「匈牙利人是匈奴人的後裔」，就一直信以為真，直到要來之前，查了一些資料，才曉得北匈奴在被漢武帝擊敗後，一路西遷；在西元四、五世紀間，匈牙利一帶曾出現一個強大的匈奴帝國，阿提拉是最為人熟知的領袖或單于，史學家稱之為「上帝之鞭」，因為他曾多次率領大軍入侵東羅馬帝國及西羅馬帝國，並對兩國構成極大的威脅。

但這個匈奴帝國後來煙消雲散，而匈奴人也融入東歐的民族大熔爐中，只是在字源上還可看到一些遺跡：匈牙利（Hungary）原意為「匈人之地」（Hun為種族名，gary為地）。

現代的匈牙利人，根據DNA比對，是西元九世紀末從頓河、伏爾加河流域遷徙來的馬扎爾人，也是來自東方的遊牧民族，但與匈奴人無關。我們在佩斯的英雄廣場上所看到的英雄雕像，就是西元九世紀時帶領馬扎爾人來到匈牙利定居的七個部落領袖。

布達佩斯也是猶太人的聚居之地，早在西元三世紀，猶太人就隨著羅馬帝國來到此地，他們應該是布達佩斯的「原住民」之一，而且因為有自己的宗教和文化，很難被同化。在一九四四年，布達佩斯有八十萬猶太人，但在納粹入侵後，有四十三萬人被關進了奧斯威辛集中營，到了一九四五年底，全城只剩下二十萬猶太人，其他有很多都被「推入」多瑙河活活淹死。

就在我站立之處的對岸，離匈牙利國會大廈不遠處的河邊，有一片令人傷感的「多瑙河畔之鞋」（Shoes on the Danube Bank）裝置藝術：在河岸邊陳列著無數的男鞋、女鞋、童鞋、破爛鞋、只剩一只的鞋……。那是為了悼念二次大戰期間，布達佩斯成千上萬的猶太人被帶到這裡，脫下鞋子，綁在一起，在納粹槍管的威逼下，如骨牌般墜入多瑙河裡，隨水漂流而去。

旅途中的我實在不宜哀傷，所以我又適時地想起當年從布達佩斯逃離納粹魔掌，後來到美國闖出一片天的兩個猶太少年：一個是英特爾（Intel）的總裁葛魯夫（A.S.Grove）；一個是華爾街「量子基金」的老闆索羅斯（G.Soros）。

二戰之初，葛魯夫的父親被徵召進入匈牙利軍隊，在納粹占領布達佩斯時，八歲的葛魯夫和母親在朋友的掩護下，用假名及假證件躲過了被送進集中營的命運。二戰結束後，回到匈牙利的父親被指控為資產階級，送去勞動改造。一九五六年，二十歲的葛魯夫離開家人，穿越邊界到奧地利，後轉往美國發展，一九六八年參與英特爾的創建，一九七九年成為英特爾（世界最大的半導體公司）總裁，後來更擔任董事長兼執行長，表現相當傑出。

索羅斯的爭議性較大，但不管說他是金融怪才、洞燭先機者或市場投機客、大鱷魚，都和他青少年時代的冒險求生脫不了關係。納粹入侵布達佩斯時，索羅斯十四歲，為了活命，全家人運用一切技倆來倖免於難。他後來說在投資理財方面，這段期間的經驗教給他的比倫敦政經學院（他的母校）還要多。

我們在佩斯城閒逛時，看到用英文標示著「中歐大學」的幾棟建築物，那是索羅斯在賺了大錢後，不忘故鄉，又回到布達佩斯創辦的大學，水準極高，可惜後來因與匈牙利政府的立場不同而被迫關門，我們看到的「中歐大學」已人去樓空，大門深鎖，只能讓人望而興嘆。

布達城堡山漁人堡的遊人如織，我沿著長廊緩緩而行，看著下方緩緩流過的多瑙河水，耳邊響起《藍色多瑙河》的旋律，在有點憂鬱的心情中，腦裡忽然浮現《三國演義》的卷頭詞：「滾滾長江東逝水，浪花淘盡英雄。是非成敗轉頭空，青山依舊在，幾度夕陽紅。白髮漁樵江渚上，慣看秋月春風。一壺濁酒喜相逢，古今多少事，都付笑談中。」

我雖非漁樵，但也已白髮。與君笑談古今多少事，在多瑙河畔。

金字塔前，人面獅身像對我微笑

知道吉薩這個地名，是大學時代，著迷於黎巴嫩詩人紀伯倫（K.Gibran）的期間。紀伯倫說他年輕時候逗留於埃及，每個禮拜有兩天會從開羅市區搭車前往吉薩，坐在金色的沙丘上，忘情地凝視前方的金字塔和人面獅身像，久久不忍離去。他在寫給女友的一封情書裡說：「那時候，我是個十八歲的青年，在藝術現象面前，有著一顆如同小草在颶風面前般顫抖的心。那個人面獅身像對我微笑著，讓我心中充滿甜蜜的惆悵和欣悅的悽楚。」

當時的我也是個文藝青年，讀到這樣的經驗和感懷，心有戚戚，彷彿聽到某種神祕的召喚。但似乎又覺得它遠在天際，遙不可及。

而在二〇一六年春天，我竟已來到吉薩，就站在黃沙上，看著前方的金字塔和人面獅身像。遲到將近半個世紀的我，心中已經沒有紀伯倫的那種惆悵和悽楚，只是在欣悅之餘，多了一點因歲月而來的敬畏、謙卑，還有滄桑感。

蹲伏在卡夫拉法老金字塔前的這座人面獅身像，是如此的宏偉而具體，但卻又是如此的神祕與難解。據說他的人面是依卡夫拉的容貌雕琢而成，而獅身則代表了法老王的威猛與權勢；但「他」真正的身世依然是個謎，世人只隱約知道，頭戴王冠的「他」以同樣的肅穆表情和不變之姿，每天看著太陽從「他」眼前的地平線升起——或者說，從古埃及努特女神的陰門重新誕生，歷時已經四千五百年。

歷史上有過多少叱吒風雲的英雄豪傑，像亞歷山大大帝、凱撒大帝、拿破崙等人，都曾經來到吉薩，瞻仰過金字塔和人面獅身像，震攝於它們的雄偉與神奇。但曾幾何時，這些英雄豪傑都已經灰飛煙滅，唯獨金字塔和人面獅身像依然屹立不搖。

人面獅身像也許看盡了人世滄桑。但我這個旅人，來到他跟前，想到的卻是他自己的滄桑。雖然宏偉依舊，但只要稍微走近點看，就會發現他其實已不威武，他額頭上的神蛇與下巴的鬍子均已因風吹雨打而剝落，頸部與胸部也出現多處腐蝕的瘡孔，鼻子更被入侵的異族轟掉。

但更令我覺得奧異（看了資料才知道）的是：他曾多次被黃沙掩埋，而從世人的眼前與心中消失。矗立在他身旁的記夢碑記載，在西元前十四世紀，他曾託夢給來此打獵的圖特摩斯王子，請王子幫忙清除覆蓋在他身上的黃沙，讓他得以重見天日，而他將許諾給王子法老王位做為回報。

但在圖特摩斯王子幫他重見天日後九百年（西元前五世紀），有名的希臘歷史學家希羅多德來到吉薩，對金字塔的壯觀做了精采的描述，卻隻字未提人面獅身像，顯然那時他又被深埋於地底與人們的心底。而當拿破崙抵達時，看到的則只是他露出於黃沙表面的頭部。

我們今天所看到的人面獅身像全貌，是考古學界在一九三〇年代集有心世人之力，挖掘堆疊的層層黃沙，才又將他從歷史與吉薩的黑暗深處「拯救」或者說「解放」出來的。

就在前一天晚上，我們在這裡露天觀賞了一場獨特的「金字塔聲光秀」。當人面獅身像的詭異光影在無邊黑暗中乍現時，我彷彿看到人類集體潛意識中的「暗影」，腦中忽然浮現在西安的陝西博物館裡看過的人面獸身鎮墓獸，還有希臘神話裡在底比斯城外向過路人提出謎語的史芬克斯（Sphinx，女面獅身鷹翅）……。

中國各地陸續出土了形式不一的鎮墓獸，有的是獸面獸身，有的則是人面獸身，做為身體的通常是兇猛的野獸，多採蹲式；有些鎮墓獸是擺在墓室內，規格較小；有些則放置在墓道入口處，鎮守於墓門，通常成對，規模也較宏偉。鎮墓獸可以說是人憑想像創造出來的神獸，用意在驅魔避邪，讓死者在另一個世界永保安寧。卡夫拉法老金字塔（墓）前的人面獅身像，應該就是古埃及人的鎮墓獸。

希臘神話裡的史芬克斯，其實也源自古埃及，長翅膀的史芬克斯有三種：人面獅身、羊頭獅身和鷹頭獅身，且都是雄性。卡夫拉法老金字塔前的人面獅身像應該也屬於史芬克斯，但到了希臘神話裡，卻變成了雌性，而且會攔住過路人，提出謎語：「什麼動物早晨用四條腿走路，中午用兩條腿走路，晚上用三條腿走路？」若猜不出來，就將路人吃掉。

伊底帕斯因為說出了正確的答案：「人」，不僅成為底比斯的國王，而且還不知情地娶了他的生母為妻，但也因此而導致災厄降臨底比斯，伊底帕斯在知道真相後，弄瞎了自己的雙眼來自我懲罰和贖罪。精神分析大師佛洛伊德就根據這個神話衍伸出弒父娶母的「伊底帕斯情結」，說它是人類共有的潛意識內涵與悲劇性存在（當然也有很多人反對）。

看完「金字塔聲光秀」，在走回旅館途中，心中一直在想的問題是：人類靠想像力創造出來的人面獸身神獸，是用來驅魔避邪的，但要如何驅魔避邪、永保安寧？不只需要有人的「智慧」，還需要有獸的「勇猛」，如果能結合智慧與勇猛，那不只能驅魔避邪，恐怕也是精采人生所必需的吧？

在端詳了人面獅身像好一陣子後，我遊目四顧，陽光下的遊人如織。我忽然心有所感：我和這些旅人因某種因緣而匯聚於此，但不久就又要飄散回世界各個角落；一如黃沙在人面獅身像上的聚散、尼羅河的泛濫與消退、意念在心中的浮沉，如此日復一日，年復一年，緣起緣滅……。

我好像領悟到某種真諦，本來感覺很清晰，但旋又變得模糊，在清晰與模糊的剎那生滅中，我抬起望眼，彷彿看到人面獅身像和我交換了解的一瞥，然後露出淡淡的、曖昧的微笑。

蓮花十字架送給我的登山寶訓

二〇一二年，承蒙好友楊宏通的邀約，我到香港城市大學當了數天的訪問作家。在這期間，看到一份「道風山基督教叢林」的介紹，感到好奇，因為離我們所住的酒店不遠，於是在離港返台的那天早上，將行李寄放在酒店櫃台，我們安步當車，穿越沙田地鐵站，問了路，往山上走去，就好像平時在台北吃完早餐後去登山健行一般。

走了半個多小時，峰迴路轉，看到林木間錯落著幾幢中式古典建築。入口的牆柱上刻著「道風境界」與「道風大千」幾個大字，一幅巨大的山水壁畫呈現眼前，讓人覺得彷彿來到了什麼名山古剎的山門。其實也差不多，因為這裡就是頗具特色的「道風山基督教叢林」。

「叢林」原是佛教用語，意思是僧俗共同修行、講道的場所，它不像基督教（天主教）的修道院或教堂，不只俗人如我者可自由參觀，而且還可報名參加靜修營、講座與培訓課程（也提供住宿），在遠離塵囂的山上修身養性，雖然是為了認識與親近上帝，但的確是比較像佛教的「叢林」。基督教為什麼會在香港出現這樣一個奇特的風貌呢？

進入山門，轉個彎，就看到一棟頗為眼熟的藍瓦白牆紅柱、簷角飛翹的中國式八角樓。但近前一瞧，卻發現八角樓的尖頂豎立著一座十字架，傳統站立著辟邪靈獸的簷角則豎立著四位基督教聖徒。

八角樓名為「聖殿」，就是牧師講道的地方，內部乍看跟一般教堂無異，有成排的長椅、講壇、高掛的十字架，只是紅色支柱上有副對聯：「道與上帝同在，風隨意思而吹。」橫聯則為「道成肉身」。聖殿外面的廊上懸掛著寺廟常見的大銅鐘，上面刻著「榮歸上帝」四個字和一個醒目的「蓮花十字架」圖案（十字架立在一朵蓮花上）。

從這些建築意象和符號可以清楚感受到主事者想要融合東西文化與宗教的心願或

意圖。蓮花是儒家文化的君子象徵，也是佛教的聖潔之花，十字架則代表基督教的博愛精神，「蓮花十字架」可說兼具了這三種意涵。

從聖殿旁的斜坡往下走，可到位於聖殿正下方的「蓮花洞」，那是個幽靜的石室，入口上方寫著「背起十架」。室內相當陰暗，唯有蓮花十字架的鑲嵌玻璃與耶穌受難像的窗台透露幾許天光，窗台上方則寫著「放下重擔」。整個結構與陳設彷如囚室，想來應該是過去修士冥思與懺悔的場所，但也像佛教僧侶的閉關之處。我在室內抱元守一，調息靜坐片刻，頗有莊子「虛室生白，吉祥止止」的感覺。

循著外圍小徑可到花木扶疏的後山，小徑盡頭有個藍瓦白牆的牌樓式窄門，名為「生命門」，左右對聯：「寬路行人多並無真樂，窄門進者少內有永生。」從沙田市區即可望見的大十字架就在這個「生命門」內，而大十字架下有個「望夫石」塑像。原來現在的沙田市區以前是個海灣，在十字架下望夫早歸，也許會別有一番滋味吧？

最後來到販售基督教工藝品與書籍的藝術軒，我很好奇地翻閱相關資料才了解，這個「道風山基督教叢林」是挪威傳教士艾香德牧師（K. Reichelt）於一九三〇年開基創建，艾牧師在一九〇四年就來到中國，先在湖南傳教。他對從印度傳入而在中國生根的佛教極感興趣，一九〇五年即到溈山寺（臨濟宗），滿懷熱情地向僧侶們傳播基督教的福音，想不到那些僧侶的反應極為冷淡，讓他非常挫折與傷心，當天晚上在山上冥思時，彷彿聽到上帝在對他說：「在傳教士來到中國的久遠之前，上帝已經在中國。那些你要找到的真理微光和聯繫點，祂已放置在那裡。」

意思是說，上帝就隱藏在華人過去的思維裡，艾牧師要做的是找出能銜接基督教和中華文化的聯結點，讓華人、特別是佛教徒和道教徒能轉進基督教的殿堂，進而接納它、信奉它。那什麼是基督教和中華文化的聯結點呢？其實，從一五八三年來中國傳教的耶穌會神父利瑪竇開始，都在想這個問題，也因地制宜地將祭祖與忠孝等傳統包容到其教義裡，艾香德牧師跟前人不一樣的地方是他在宗教建築與儀式這些可見的部分找到聯結點，而從這些地方做起，結果就讓人特別有感。

一九二二年，他就在南京創建了「景風山基督教叢林」，基本上也是這樣的風格，招待佛教及道教徒來「學道」（基督教教義）；後來因為戰亂，才在一九三〇年將工作轉移到香港，沙田的「道風山基督教叢林」就是他委託丹麥建築師艾術華設計建造的，聖殿外的那個大銅鐘還是從南京「景風山基督教叢林」搬過來的。

我在藝術軒買了一本由該叢林畫師創作的《救主耶穌畫輯》，內含〈降生在馬槽〉、〈逃往埃及〉、〈登山寶訓〉、〈最後晚餐〉、〈耶穌復活〉等三十幅畫像，全是傳統中國畫的造型和畫風。

艾香德牧師的這種「混合主義」被傳統的西方教會認為不倫不類、只是在做「皮毛」工作，而備受批評與指責，艾牧師最後還因此脫離了他所隸屬的「挪威差會」，但他堅持要做自己認為對的事，他說：「今日宗教的缺憾，無非因大部分教徒，不知用正當的方法尋求真理，只是抱著黨同伐異的野心，用村嫗罵鄰的口吻一味排斥他人，指為邪道異端，使真理日漸閉塞，那才真是宗教的罪人。」他在一九五二年安息主懷，就葬在道風山的基督教墳場。

我們在「叢林」裡流連了兩個小時，下山到沙田吃完午餐，再從酒店領出行李，搭上前往赤鱲角機場的巴士。看著窗外流轉的景物，想到返台後即將面臨的種種，我到底是要「背起十架」還是「放下重擔」呢？

香港這個奇特的城市，其實也是「混合主義」的產物。但我們能說那一幢幢具有中國風水元素的擎天大廈（譬如貝聿銘設計的中環中銀大廈），所表達的只是不倫不類的「皮毛」嗎？我忽然想起《看不見的城市》作者卡爾．維諾所說的一句名言：「深度就在表面。」看似表面功夫，裡面往往含有被漠視、壓抑的深意。

我覺得艾香德牧師的所作所為，並非「皮毛」。所有的宗教都相信宇宙有一個本體或大靈，也都在追求生命的圓滿和生活的幸福，只是呈現的樣貌和追求的方法不同而已，也許這些才是「皮毛」吧？堅持自己的呈現樣貌和追求方式是「唯一而正確」、「不可改變」的，才是真正的「皮毛之見」吧？

我心中忽地浮現聖殿大銅鐘上的「蓮花十字架」，也許這才是我今天所得到的最珍貴的「登山寶訓」吧？

明治神宮裡的一場慢活婚禮

走出鬧哄哄的東京原宿車站，轉個彎，進入林木森森的明治神宮，忽然就變得非常寧靜，連時間似乎也都跟著慢了下來。

在悠閒的流連中，發現一場傳統的神道婚禮已悄悄在眼前上演。撐著紅紙傘的一對新人、媒人、雙方家長、親友，在兩位足登巨鞋的神官、兩個麗衣女巫的前導下，以極其緩慢的步伐穿越前庭，走過長廊，進入西廂。周遭的人都停下腳步、放慢動作，安靜而愉悅地看著他們。

整支隊伍緩緩而行，短短的距離走了大約十來分鐘（我沒有看錶，時間似乎不再存在），但卻一點也不會讓人「嫌慢」，反而感覺到有一種特殊的優雅、從容、莊重與自在。

靜靜看著他們的我，想起米蘭．昆德拉（Milan Kundera）《緩慢》小說扉頁上的：「悠閒的人是在凝視上帝的窗口。」沒錯，我彷彿就是在凝視一個神聖的窗口。良久，神官、女巫、新人、媒人、家長、親友的隊伍又從我凝視的窗口緩緩走出，在前庭緩緩而行。前方，有攝影機和兩三排椅子，安靜地等待他們來留影。

我對身旁的妻子說：「能用這種方式步入婚姻，真是一個美好的開始。」這也是我當天所體驗到的最強烈的「原宿視覺系」。

日本傳統的神道婚禮通常在神社裡舉行，如今也有很多種形式，我們看到的只是其中一種的部分儀式，但卻讓我印象深刻。在這個什麼都講求速度、快還要更快的時代裡，男女認識沒多久就上床，結婚沒多久就離婚，緩慢進行的日本神道婚禮似乎在提醒我們：「何必那麼急？」它的緩慢不只讓人感覺優雅、從容、莊重與自在，更讓人警醒：美好、珍貴的經驗就需要像這樣好整以暇，慢慢去品味。

如果我看重、珍愛某種經驗，那我就應該放慢速度，耐心、全神地去體驗；或者說，只有全神、耐心、放慢速度去體會，才能有美好、珍貴的經驗。慢，還可以更慢。而悠閒則比耐心來得更自然與自在，緩慢而悠閒地去體驗周遭的一切，常可發現原先被我們忽略的新奇、美好與樂趣。

「為什麼緩慢的樂趣消失了呢？」昆德拉在《緩慢》裡提出這個疑問，他認為那是人們迷醉於科技革命所帶來的速度快感，就像騎摩托車免除了跑步時的氣喘與疲累，提供人們另一種興奮，快還可以更快，結果，人們「追求的不再是快樂本身，而是征服。引發他們蠢動的，並非為了快樂，而是渴望勝利」。

它所帶來的觀念改變，波及到生活的每個層面，很多人都渴望能在愈短的時間內做愈多的事；年輕人換男女朋友就跟換手機一樣愈來愈頻繁，快速雖然能帶來短暫的新鮮、刺激感，但大家也愈來愈像莊子所說的「神生不定」，身不由己地被什麼東西推著跑，而愈來愈感到迷惘。

昆德拉還以他敏銳的觀察與細膩的思考，發現「介於緩慢與記憶，速度與遺忘之間，有一個祕密的關聯」。當我們在思及或談到一個美好的回憶時，我們行動或說話的速度就會不自覺地慢了下來；而在想擺脫一個不愉快的經驗或回憶時，速度就會加快（好像為了擺脫它們）。因此，快速看似讓我們做了很多事，但其實也遺忘了更多，或只剩下淡淡的回憶；只有緩慢，才能讓我們產生和保有濃郁的美好回憶。

也許正因為如此，鼓吹「慢活」的生活新主張遂應運而生，而且很快獲得全球現代化國家的響應。「慢活」的英文為Downshifting，原意指駕駛手動排檔汽車時的「降檔」，現實人生裡的「降檔」就是要放慢生活的步調或節奏。

有人將追求快速稱為現代人的「時間病」，因想對時間做最有效率的運用，結果因害怕無聊與虛擲光陰而陷入焦慮，像無頭蒼蠅般找各種事來填滿時間的空隙。其實，對於時間，我們的首要之務並非做最有效率的運用，而是要做最明智的安排。每天都要撥出一些或很多時間好好思考、反省「我把一天（或這幾年）的時間都用在哪裡了？它們跟我的生命意義或人生幸福有什麼關係？有哪些事是我可以快、哪些事是我應該慢的？」

慢活並非什麼事都要慢下來，譬如我有一次到東部旅遊，來回都搭速度很快的飛機，因為這樣才可以讓我有更充裕的時間慢慢欣賞當地美麗的風光。現代人的慢活其實是建立在快速的基礎上的，因為很多事都能縮短時間快速完成，所以有餘裕讓我們所重視、珍惜的事能緩慢進行，好好去品味。

那要怎麼慢活呢？我以為最好從每天都要做的事培養起。譬如吃飯，現在很多人都吃速食，而且還一邊吃一邊滑手機，甚至是在速食店邊站著吃；但吃飯不僅重要，而且還是種享受，如此「食不知味，草草了事」，實在是「本末倒置」。我現在已成為一個「慢食」者，不管是在家或到外面用餐，都只有兩三樣菜，飯也只吃半碗，這樣才能讓我在同樣的時間裡細嚼慢嚥，不僅有益健康，而且能品嘗到飯菜的美好滋味。

在養成稍安勿躁的「慢食」習慣後，我又開始嘗試「慢讀」與「慢寫」。學生時代為了考試，常臨時抱佛腳「速讀」教科書和筆記，雖然囫圇吞棗，但也是情非得已；現在居然有人鼓吹在一兩小時內「速讀」完一本大部頭的小說或傳記，我實在無法理解「這樣做到底是為了什麼？」不管看什麼書，讓我最感愜意和幸福的方式是在沙發上或坐或躺，心無旁騖地閱讀，隨著書中的字句進入作者營造的氛圍裡，慢慢去體會書中人物的經驗或作者想表達的觀念。幾年下來，我讀的書其實不多，但卻有很多感受，也珍愛我讀過的書和作者。

寫作是我的工作，我從學生時代即練就了快筆，中年以前為了謀生，在報章雜誌寫專欄，最多時一個月要寫二十篇，從六百字到一萬字不等，有時為了突發事件而必須連夜趕稿，它們所需要的「快」，經年累月，讓我覺得疲憊而且無啥意義。所以後來我就不寫這種有時間壓力的專欄，而是直接寫書，只寫自己感興趣、覺得有意義的東西，而且完全依照自己的心情和步調去寫，即使因不滿意而一再修改也樂在其中。在慢寫中，寫作已成了我的一種休閒娛樂。

但不管要慢什麼、怎麼慢，最重要也最根本的是先讓自己的心慢下來。我從少年時代起，每分鐘的心跳都將近一百下，但因沒什麼症狀，也不太去理會；幾年前開始心跳逐漸慢下來，現在每分鐘約七十五下，我想除了年紀大外，可能也跟我整個生活步調變慢有關係；但也可能是因為我心跳變慢了，不再像以前那麼急燥，所以就愈能悠閒地享受慢活的日子。

我想這應該是雞生蛋、蛋生雞的良性循環，希望自己能在這種循環中慢慢老去，緩慢而悠閒地品味老年的快活，一切都慢慢來，何必那麼急躁地想離開？

秋夜，在基隆港邊的觀想

秋天的夜晚，在基隆廟口用完餐後，信步來到港邊，在新開闢的海洋廣場坐了下來。晚風徐來，黑藍藍的海水隔開兩岸的燈光，遠方天海交接之處一片幽暗。我們似乎沒有過在這個時候坐在基隆港邊看海。

我對妻子提起四十四年前，我們新婚的蜜月旅行，當時是先到基隆港邊的一家旅館過夜，隔天一早在西岸碼頭搭乘花蓮輪前往花蓮；記憶已有點模糊，只剩下幾個片段。妻子則提到她六歲時，母親帶著她和大弟從香港搭輪船返回台灣，在基隆港上岸；那就更如夢境般縹緲了。

儘管模糊，但卻讓基隆和我們的生命產生某種聯結，而對她有了跟別人不一樣的觀想。

在我們右前方的暗影中，有座法國公墓，是一八八四年清法戰爭中陣亡法軍的埋骨地。去年中元節，我們曾到那裡參觀（加）基隆市民為法國亡靈舉辦的普渡法會，看著那「異國靈情，菩提佛心」的標語，彷彿歷史恩怨裡的斑斑血跡都已在眼前大海的吸納包容下，化為慈悲淨水。

右邊白白的那棟建築是基隆市立文化中心，曾經進去看過一兩次展覽。我在不久前才知道，很久以前那裡原是個沙灘，叫做「鱟穴仔埔」，因為鱟這種活化石般的海裡生物會上岸到這沙灘產卵。而在現今的基隆港裡頭原本還有一對「夫妻島」——鱟公嶼和鱟母嶼，在一九〇五年基隆開港時，為暢通航道而挖除了鱟公嶼，鱟母嶼則被填海造陸成了義一路的一部分。

從這些歷史變遷可知，鱟這種形狀古怪的海裡生物（四億年前就出現的海中節肢動物，有個很大的帶殼頭胸部，分節的短腹部和長長的尖尾刺）在基隆海邊應該很常見。我一二十年前還在員林的菜市場裡吃過用鱟殼炒的蚵仔麵，也在漁港看過有人販售（鱟又稱馬蹄蟹）；鱟其實是中國東南沿海相當常見的一種生物，但現代小孩對牠恐怕已非常陌生，大概因為濫捕濫抓而瀕臨絕種了，也許這是歷史的宿命，但人與自然之鍊也無聲無息又無情地被切斷了。

因為鱟，而想到「抓猴」這句台灣俗語，它其實是「抓鱟」的轉音（在閩南語裡，鱟與猴的音相近）。鱟的一個特性是形體較小的公鱟總是攀附在母鱟的背上，漁民出海抓鱟，一抓就是一雙，被撈上來時公母鱟依然會「緊緊抱在一起」。以前人把「抓姦」稱為「抓鱟」，原是一個生動比喻，因為「抓姦」除了「在床」外，還必須有不容狡辯的鐵證，而「緊緊抱在一起」就是鐵證如山。

但我覺得把「抓鱟」誤說成「抓猴」，不只猴子受到「池魚之殃」，更是讓鱟蒙受「不白之冤」。因為鱟素有「海中鴛鴦」之稱，在被捕撈上岸時，公母還「抱在一起」，正表示恩愛夫妻的「生死與共，不離不棄」，世人應該像元好問歌詠殉情的大雁般讚嘆：「問世間，情為何物？直教生死相許」才對，用牠們來形容背叛婚姻者的醜態，實在是「有違天理」。

眼前不遠處的海水有些波動，似乎有不知名的魚在翻躍。我又因「抓鱟」而聯想到「討客兄」，台語將已婚婦女搞外遇稱為「討客兄」，但「客兄」其實是台語同音詞「契兄」之誤；已婚婦女把她的姘頭說成是「契兄」（義兄或結拜大哥），就跟已婚男人把他的小三稱為「伙計」（工作上的夥伴，男人搞外遇台語稱為「飼伙計」），基本上都是為了掩人耳目的「苦衷」說法。

但「契兄」在過去卻另有含意。明朝沈德符的《敝帚軒剩語》說：福建人好男色，男人之間互相愛戀而結合者，以契兄、契弟相稱，彼此恩愛，有的年過三十還像夫妻般同寢處。如果雙方情深愛重，卻無法如願廝守，兩人相抱繫而投河自盡的也時有所聞。他雖然對此提出批評，但由此也可知，這種男同性戀在當時福建民間「並非罕見」。

只是明朝的福建人用來指稱男同性戀對象的「契兄」，為什麼會變成後來台灣人用來指稱已婚婦女的姘夫，我就不清楚了。不過若想想「小姐」一詞在過去與現在、台灣與大陸用法的差異，所謂「滄海桑田」，人世間的很多稱謂與事態也許本來就是如此吧！

我現在所看到的基隆港，跟一百年前、兩百年前相較，不僅外貌，連名稱也都不一樣了（古稱雞籠、鷄江等）。站在不同的時空點，對她自然會產生不同的觀想。

「契兄」也讓我想起二〇一九年台灣通過的同婚專法。我個人當然贊成同性戀者的婚姻應該合法，只要兩情相悅、想共結連理，我們都應該給予尊重和祝福。記得幾年前，我夜遊台南的天后宮，看到兩個年輕男子並排立在旁邊的月下老人祠前祝禱，共捧一紙文書念念有詞，然後跪下來叩拜；看了一會兒才領悟，那應該是兩個男同性戀者在月下老人的見證下互許終身。默默遠觀的我，覺得那一幕很感人，我也衷心祝福他們。

跟其他文化相較，華人社會對同性戀（含雙性戀）是比較寬容的。我曾在清朝袁枚的《子不語》裡讀到一篇〈兔兒神〉，人意說福建某生見來此巡按的御史美豐姿，竟貪戀偷窺，而被御史打死。死後託夢給鄉人，說陰間官吏已封他為「兔兒神」，專管「人間男人愛男人的情事」，因此來求替他建個廟、招點香火。大家知道後，爭相籌錢建廟。廟建成後，果然非常靈驗，不少男同性戀者都紛紛到這間廟來祈禱。雖然事涉靈異，但由此亦可知，當時福建民間應該有專屬於男同性戀者的廟宇。

坐在基隆港邊的我如此這般睹物生情，因觀而想，從花蓮輪一路想到了兔兒神，它們在我的腦海中浮沉翻騰，使得我眼前的黑藍的海水、兩岸的燈光、燈光裡的建物和人車，在我的觀想中都因而有了歷史的深度和文化的光彩。我對我能做這樣的觀想也感到愉悅與滿意。

「走了吧！」忽然耳邊傳來妻子的聲音。我於是站起，轉身，跟在妻子的後邊，沒入人車吵雜的市囂中。

老鷹酒吧與DNA雙螺旋之祕

走在劍橋大學國王學院附近的街上，女兒指著前方的一個紅色小店招，說：「那就是有名的老鷹酒吧（Eagle Pub），你一定要進去看看。」

雖然是大白天，但酒吧內卻有點陰暗。斑駁的牆壁上掛滿了大小不一的鑲框照片，猜想應該都是來此造訪過的歷史人物，在昏黃小燈的映照下，以英式的優雅為我們展示酒吧三百年厚重的歷史。我的眼光四處瀏覽，終於在一面牆上發現幾幀熟悉的照片和兩塊金屬面板，上面寫著：

「一九五三年二月廿八日，克利克（F. Crick）和沃森（J. Watson）在這裡宣布他們發現了生命的奧祕（DNA的雙螺旋結構）。」

女兒要我看的就是這個，果然是我該來的地方。據說當年兩個人一星期有六個晚上就坐在這裡共進晚餐，邊吃邊討論（夾以爭辯）DNA的結構問題。他們的這個大發現，不僅開啟了研究生命奧祕的大門，還是生物學界乃至整個科學界的一大傳奇。

我們在鄰近的桌邊坐了下來。點了炸魚、薯條和DNA啤酒，邊吃邊談論劍橋的物價還有克利克。我向女兒提起克利克讓我印象最深刻的是他在得到諾貝爾獎多年後，有一次接受採訪提到的「研究生症候群」：一個人在剛踏進科學研究的殿堂時，就會被人洗腦，他們告訴你要多麼小心，科學發現是如何困難等等；所以，研究生幾乎不敢相信自己能有什麼科學發現。

克利克在找出DNA的雙螺旋結構時，雖然已經三十七歲，但還沒有拿到劍橋大學的生物學博士學位，所以嚴格說來，還是個「研究生」（他原是倫敦大學的物理學碩士，一九四七年退役後來到劍橋大學，才轉而攻讀生物學）。他在劍橋的卡文迪許實驗室（Cavendish Laboratory）和沃森相遇，沃森比克利克小十二歲，但已擁有印第安納大學的遺傳學博士學位，他是到劍橋來做博士後研究的，所以嚴格說來，也還算是一個「老研究生」。

兩位還算年輕的「老研究生」大概已經確知《自然》期刊會在一九五三年的四月廿五日登出他們的論文，所以搶先於二月廿八日在其老巢老鷹酒吧宣布他們的偉大發現。而這篇被視為二十世紀最重要科學突破之一的論文，只有短短九百字，配上一張手繪的DNA雙螺旋結構簡圖。

這真是科學界的一大傳奇。我特別欣賞克利克「研究生症候群」的說法，因為我女兒當時正在劍橋大學莫德林學院做博士後研究，雖然她的專業是歷史，但不管做什麼，年輕人都不應該妄自菲薄。不過後來，我卻在這個科學傳奇裡發現以前不知道的另一些細節與眉角。

當年，想找出DNA的結構是個熱門的科學議題，最少有三個團隊在從事競爭：一個是倫敦國王學院的女科學家富蘭克林（R. Franklin）和威爾金斯（M. Wilkins）團隊，他們用X光繞射技術研究DNA的分子結構，並認為其結構應該是螺旋狀。一個是加州理工學院的鮑林（L. Pauling，一九五四年諾貝爾化學獎得主）團隊，他們認為DNA很可能是三螺旋結構。克里克和沃森可以說是實力最差、臨時拼湊而成的團隊，但卻也是最年輕、最有衝勁、思想最奔放、最擅於截長補短的一組。

他們從鮑林和富蘭克林的研究裡得到啟發，還做了一個模型去向富蘭克林請教，結果被富蘭克林大加指正，還勸他們應「多用功些」。當研究生物鹼基的權威查加弗（E. Chargaff）到劍橋訪問時，他們也跑去向他請益，了解到腺嘌呤（A）和胞嘧啶（C）、胸腺嘧啶（T）和鳥嘌呤（G）有配對關係。他們綜合活用這些觀念和線索，在實驗室裡廢寢忘食地試驗，終於聯手搭建出DNA的雙螺旋結構，並立刻寫成言簡意賅的論文，投稿到《自然》雜誌。

這個生命奧祕的重大發現雖然是在一九五三年提出的，但卻到一九六二年才得到諾貝爾獎的殊榮，得獎的除了克利克和沃森外，還有威爾金斯（富蘭克林則不幸在一九五八年因卵巢癌去世）。而查加弗則對自己被排除在外頗為抱怨與難以釋懷（當然也有人為他打抱不平），不僅退出自己所屬的實驗室，還對現代的科學研究提出尖刻的批評。

他認為克利克和沃森搶先一步發表DNA的雙螺旋結構是「科學界的首次爭奪戰」，以前，科學在國際間有一種公平、謙和的承諾，知道某些人已在進行什麼研究，而且已接近水到渠成時，通常就會很有風度地禮讓，而不會在獲得某些關鍵線索後，就立刻打電話給他的團隊或自己展開同樣的實驗，目的就是想搶先一步發表，贏得榮譽或獲得專利。

查加弗所說的這種「爭奪戰」在科技界更為普遍。我青少年時代讀到「愛迪生發明電燈」的故事，記得文章的插圖是描繪愛迪生一個人在孤燈下做實驗的情景。但後來知道得更多後，才曉得「為了發明更理想耐用的電燈」，當時世界上有很多地方的人都爭先恐後地投入相關的研究，更非一個或兩個人的單打獨鬥，而是由一大群人所組成的不同團隊在從事激烈的競爭，愛迪生這個團隊只是在某些方面拔得頭籌或做得最好而已。但後人卻只知道愛迪生，而且發明電燈的功勞和榮譽幾乎都歸他一個人所有。

但有競爭才能讓人類文明獲得更快速的進展，雖然有些殘酷和弊病，卻也不見得是壞事。有人以此來請教查加弗，查加弗的回答是「我從未聽說過雪萊和濟慈曾彼此競爭（要搶先對方一步寫出讓更多人讚歎的優美詩篇）」，言下之意是科學應該跟藝術一樣，要優雅一點、從容一些。

話雖然不錯，但我們看從諾貝爾文學獎到各地方的小說獎、文藝獎，雖然大家並沒有在互相「搶快」，但為了「爭奪」獎項，轉而運用各種手段去拉攏、施壓評審，製造輿論的行徑，其實更讓知道內情的人皺眉、齒冷。科學的獎項還有真假對錯的客觀依據，而文學藝術類的獎項，優劣良窳其實見仁見智，每次公布誰獲獎，總是會出現批評和不滿，但塵埃落定，卻也只有得獎者留下他們的美名，還有誰會在意、記得當年背後的爭奪。

只要是人多的地方，難免就會有競爭。當然有孔子羨慕的「揖讓而升，下而飲」的佳話，但有形、無形、溫和、激烈、冷酷的爭奪，就像老鷹爭食般，也是在所難免。近來我已學會不再特別注目、標榜某些個人的成就與貢獻，因為我知道那些成就或貢獻其實都是很多人先後不斷努力、累積才有的成果，某個人或一兩個人通常只是因為機緣而冒出檯面，接受表揚與鼓掌的代表而已。

華府越戰紀念碑的「中國元素」？

多年前，去美國維琴尼亞探訪二妹時，妹婿帶我們到華府遊覽。華府值得看的景點非常多，我們只能走馬看花，林肯紀念堂是必遊之地，而讓我印象最深刻的則是憲法公園裡的越戰紀念碑。

它的造型跟一般的紀念碑截然不同，其實更像是一堵非常獨特的紀念牆：兩面成倒V字形的黑色花崗岩壁，從地下三米深處的相交點緩緩升起，直到與地面銜接，兩翼長度各約兩百英尺，一邊指向華盛頓紀念碑，一邊指向林肯紀念堂。牆上鐫刻著五八、一三二名越戰陣亡美軍的名字。

當我們從林肯紀念堂出來，沿著斜坡往下走時，看著花崗岩黑牆上的死者姓名，猶如在閱讀一本哀悼越南戰爭的史書。黑牆可以反射參觀者的臉，伸手去觸摸那些死者的名字，彷彿就在和他們對話。

這個紀念碑如今已成為建築史上的一個不朽標誌，很多來過華府的人也都對它留下深刻的印象，但大家來去匆匆，恐怕很少人知道，這個紀念碑的創作者是一個名叫林瓔（Maya Ying Lin）的華裔女性，當時未滿二十一歲，還是耶魯大學建築系三年級的學生。

我回到台灣後，特別上網查了一下，雖然得到較多的了解，但也產生不小的感慨。

林瓔何許人？她是一九五九年出生於美國的ABC，但說起她的中國身世可是大有來頭：原來她是民國初年文化名人林長民的孫女，父親林桓是林徽因的弟弟（異母），也是位陶藝家，在一九四八年來到美國，曾擔任過俄亥俄大學藝術學院院長。

當林瓔設計的越戰紀念碑雀屏中選，成為眾所矚目的新聞人物時，一些聯想力強的華人注意到她跟林徽因的血緣關係（林徽因是林瓔的親姑媽），立刻開始大作文章：林徽因和她的丈夫梁思成設計了北京天安門廣場前的人民英雄紀念碑，而林瓔則設計了美國華府的越戰紀念碑，這顯示林瓔的藝術細胞和設計才華有其「家學淵源」，她身上流淌著跟林徽因一樣的血液，都具有設計紀念碑的基因。

有人更從越戰紀念碑裡尋找到不少「中國元素」：越戰紀念碑並沒有高聳地刺入天空，而是平順地與大地融為一體，這反映中國文化裡「天人合一」、和諧共存的概念；而大地更像母親般「張開雙臂」，包容和接納這些死者。更重要的是那刻鏤著死者名字的V字形花崗岩黑牆，代表的正是中國的「人」字，林瓔似乎想藉此呈現中國儒家的人本主義精神。

聽起來真讓人神清氣爽。可惜這些聯想和說法不僅是「想當然爾」，而且還非常「一廂情願」。我們先說林瓔和林徽因的關係：

林瓔的父親林桓是在一九四八年，也就是中國山河變色、要改朝換代時離開中國的。他雖然出身中國名門望族，但卻極少對女兒林瓔提起他們的「中國往事」，長大後的林瓔「連中國話都不會說」，「也不太會用筷子」，我們由此就可以推想她對「中國」有多少了解。

她也不知道自己有個姑媽叫林徽因、姑丈叫梁思成，設計了天安門廣場前的人民英雄紀念碑；她是在成名後，從來採訪她的《紐約客》記者口中第一次聽到他們的名字。說林瓔血中具有跟林徽因同樣的「設計紀念碑的基因」，林徽因「後繼有人」，實在是「言重」了。

至於「中國元素」，林瓔的越戰紀念碑的確顛覆了紀念碑為白色系、聳立於地面的傳統（天安門廣場前的人民英雄紀念碑就屬於這個傳統，若要說它具有「西方元素」也是可以的），但要說越戰紀念碑貼著地面就表示與自然和諧共存、「天人合一」其實是非常牽強的。我們且聽林瓔自己怎麼說。她說她當初來到紀念碑預定地前時，有一股想「用刀將地面切開的衝動」，將大地割裂開來，其實更像是「戰爭就如同在大地留下傷痕」的隱喻。

「我想像自己將刀刃切入地面，並將切口翻起，一種原初的暴力和痛苦就在那時被治癒了。草皮會慢慢生長起來將其覆蓋，但那個切口將成為地面上一道平坦、光滑和明亮的表層……。名字就是這座紀念碑的全部，無需再添加任何修飾。這些人和他們的名字會帶給每一個人回味和記憶。然而，它又不僅僅是一長串死亡者的名單，它還給了人們機會看到其他一些名字和從那些名字上反射出來的自己的臉。」

那由兩堵牆銜接而成的V字，讓美國人或西方人想到的只能是Victory（勝利），但因為是倒著寫，所以它其實是對「戰爭勝利」的反諷；V字也會讓他們想到Vietnam（越南），那五千多個美國人就喪命（陷落）於越南的大地裡。有幾個美國人會想到它代表的竟然是中國的「人」字？

紀念碑上五千多名死者名字的排列，如果依「中國式」的排法，那可能會照他們的尊卑（軍階）、長幼（年齡）來排列；但越戰紀念碑卻是依死者在越南死亡的先後順序來排列，第一個是越戰開始後最先捐軀者，如此依序前行，到最後一個死者畫上句點，更讓人有閱讀這段歷史的感覺。

林瓔說她在二十歲之前，盡一切可能「要成為一個美國人」，在設計越戰紀念碑時，從來沒有想過要用亞洲裔或中國人的觀點去看去做。客觀來說，林瓔還有她所設計的越戰紀念碑，跟林徽因與「中國元素」的關係是「八竿子打不著」，但直到現在，卻還是有人津津樂道。而且不只林瓔和越戰紀念碑，在其他領域，從藝術、科技到商品，還是有不少人興奮而自得地指出「這裡一個中國元素，那裡一個中國元素」。

「中國元素」幾乎無所不在，其中最讓人哭笑不得的是認為「西方近現代的偉大科學發現，都可以在《易經》裡找到它們的原型」，從早年「（洋槍）槍膛來復線的製造已備於復卦，螺旋機的製造則出於姤卦」、易卦裡也「存有潛水艇、原子彈之象」；到後來的「萊布尼茲的二進位制（計算機的基礎）靈感來自《易經》的陰陽爻」、「愛因斯坦相對論，狄拉克方陣算學，以及物質波、量子力學諸定律，都可用易經方陣定律來契合」、「DNA與信使RNA的六十四個遺傳密碼子與《易經》的六十四卦有完美而又驚人的對應關係」……。這的確讓人驚訝，但稍加理解，即可發現那如同村姑鄉民的「穿鑿附會」。

這樣的生般硬套、想入非非，反映的其實是百多年來在被西方人打得鼻青眼腫後，因為極度的集體挫敗感、民族自卑感，而產生的夜郎自大症、民族自豪感。一個民族或個人，在面對艱難的挑戰時，不深刻檢討、自我振作，卻只能以這種「阿Q式的精神勝利法」來自我安慰，其實是相當可悲的。

當然，我們也必須說，林瓔的越戰紀念碑設計圖勝出，華裔的身分曝光（評選時為匿名、只有編號）後，很多美國人無情地加以批評、指責、攻擊，這對她打擊很大，她本身的中國血統成了她難以擺脫的宿命，她也因此開始認真思考自己的定位問題。

一九八五年，她隨母親第一次踏上中國的土地，後來又隨父親回到林家在福建的老家，而開始慢慢覺察到、或者說在自己的創作裡添加「中國元素」。紐約的「美國華人博物館新館」（二〇〇九年揭幕）是林瓔在美國唯一跟中國相關的作品，置身其中，我們可以看到明顯的「中國元素」。當然，你也可以找出它具有某些「美國元素」，但試問有幾個美國人會因此而自我標榜、津津樂道、陶醉其中？

風獅爺啊，我是否想太多？

多年前到金門演講，承蒙主辦友人熱情招待，帶我們夫妻去觀賞當地的一些熱門景點。在參觀完一些古宅、寺廟、洋樓、碉堡、坑道後，友人在車上問：「你們還想看金門的什麼嗎？」我說：「風獅爺！」

於是我們來到了瓊林，看到那尊可能是金門名氣最大的風獅爺，只見他昂首直立，身披紅巾，裂嘴吞風，胯下陽具還翹豎如葫蘆，在亮麗的陽光下，有睥睨眾生之概。接著友人又帶我們去看了好幾尊風獅爺，有大有小，有石雕有泥塑，有立姿有蹲踞，有彩繪有原色，真是滿歟盛哉！

風獅爺是常見於閩南、粵東的一種獅子雕像（以石材為主），通常被喚作石獅公，多設置在住家、建物的門或屋頂，村落路口的高台上，主要用來保護生人、家宅和村落，為大家驅魔、避邪、化煞；專家認為它應該是由常見於廟宇前的石獅演化而來。

但金門的風獅爺似乎特別多，而且造型獨特。友人說金門多東北風，一年長達九個月，在元明兩朝植被遭受破壞，居民飽受風害之苦，所以在村落外緣及自家門邊、屋頂設置風獅爺，除了避邪化煞，更兼具鎮風的作用（所以被稱為風獅爺）。而為了鎮風，很多風獅爺也都紛紛站立起來，而且面朝東北，張牙裂嘴，要把肆虐的東北風全吞進肚裡。

但瓊林風獅爺胯下翹豎的陽具又作何解釋？友人有點神祕地笑說，並非所有的風獅爺都有這個「配備」，有的是直統統的一根，有的則將它「藝術化」成葫蘆，有的則是將葫蘆繫在腰際。葫蘆的造型讓人想起李鐵拐那個「什麼都裝得下」的葫蘆，所以可能也是用來裝風的。而且，葫蘆還是「福祿」的諧音，除了鎮邪外，可能亦有祈求賜福的意思。

從這些說法裡可以看到先民的巧思。不過，瓊林風獅爺那根翹豎的陽具讓我想起的卻是猴子、狒狒、埃及的木乃伊、龐貝古城的路雕與壁雕，還有中國的神主牌和華表。

先說猴子。很久以前，我到一個猴園參觀時，看到一隻籠子裡的猴子（不知什麼猴）在被遊客激怒後，除了目露凶光、張牙裂嘴咆哮外，胯下的陽具也堅硬勃起，且呈赤紅色。這顯然是猴子的一種自然反應，除了表示憤怒外，更有威嚇敵人的用意。

在非洲，一隻高階的公狒狒通常只需大剌剌地張開雙腿，露出牠那顯眼的勃起陽具，就能提醒低階的狒狒們「誰是老大」，讓牠們知所順服。這時，勃起的陽具代表的是權勢或權威，當然也具有威嚇作用。

在古埃及人的壁畫和雕刻裡，經常可以看到以豎著勃起陽具的狒狒來做為神聖和權威的象徵，這應該是來自他們對自然界的觀察。它也說明了為什麼有地位的埃及男人（如法老）死後，其陽具會被煞費苦心地豎成勃起姿勢，並塗上防腐油的原因，目的就是想顯示他「永不止息」的權勢。所以，勃起的陽具已被人類用來當作權力的象徵。

在自然環境中，當狒狒及其他猴群在遷徙或覓食時，負責守衛的衛兵們會圍繞在族群的四周，臉部朝外，張開雙腿，露出勃起的陽具；若敵人出現，陽具還會不住鼓動，抽打腹部。在這裡，勃起的陽具除了用來威嚇敵人外，還有保護族群的含意。

羅馬時代的龐貝城因火山爆發而被掩埋，在重見天日後，發現古城的街道石板、民宅的牆上有不少勃起陽具的雕刻，有人說它是一種路標，在為尋歡客指引妓女戶的方向。那這種路標未免太多，很多民宅也都成了妓女戶，這種說法讓人難以接受。有人又從自然界得到啟示，指出龐貝古城馬路及民宅牆壁上的勃起陽具雕刻，很可能跟我們的生物學上親戚——狒狒與猴子一樣，其實是用來鎮魔驅邪、保護族群的。

中國人自古以來膜拜的神主牌，外形就像個「且」字；而中文「祖」字裡也有個「且」；這個「且」正是一根象形化的勃起陽具。有人對老祖宗們居然大剌剌地將男人的「那話兒」搬上莊嚴神聖的舞台，供大家膜拜一事感到不以為然，不少專家認為，這其實是一種純樸而自然的生殖崇拜遺風。

世界上很多民族也都有生殖崇拜的文化，有的崇奉女陰、有的崇奉男陽，它們很容易被解釋成母系（女權）與父系（男權）文化遞變的遺跡，這當然也言之成理，但如果了解上述猴子、狒狒，還有古埃及人、羅馬龐貝人的事蹟，我們可以說中國的「且」，其實也含有辟邪、保護族群的意涵。

而高高豎起的塔，一般認為它源自佛教，但除了寺廟外，在河邊、高地上也常見高塔建築，而且外形也像一根豎翹的陽具，所以它的原始功能可能也是在辟邪鎮煞。

至於常見於宮殿、陵墓外邊道路兩旁的華表，有人說「相傳堯時立木牌於交通要道，供人書寫諫言，針砭時弊。」因此又稱為「誹謗之木」（原為木柱，後來才改為石柱），但即使堯真的存在，當時能有什麼文字，更何況書寫？所以，華表的起源更可能是中國的圖騰柱（就像印地安人的圖騰柱），而後來華表的柱頂蹲著一頭「朝天吼」神獸，也讓人想起辟邪鎮煞的作用。

在讓思想恣意馳騁，如天馬行空繞了一圈，又回到當下後，感覺那些胯下依然翹豎著陽具的風獅爺，似乎用三分無辜、七分曖昧的眼光看著我。也許，最早的風獅爺只是雄赳赳氣昂昂地站在那裡，胯下無物（如石獅被簡略了），翹豎的陽具是後來某位仁兄因為「好玩」而添加上去的，也許它真的只是在象徵「什麼都裝得下」的神祕葫蘆；說它代表男人的威權，具有辟邪、鎮煞、保護族群的功能，可能是我想太多，而且還想偏了。

也許，我真的想太多。但我這樣想，其實也是為了「好玩」；世間不就是一個遊樂場，要讓我們好好玩一玩嗎？

在蘭卡斯特，與俗世劃清界線

有一年秋天，大妹婿開車帶我們從紐約來到賓州的蘭卡斯特郡（Lancaster）。我們下車注目，看到一個農夫吆喝著馬匹在路邊的田裡犁田，一對穿戴老式衣帽的夫妻駕著黑廂馬車，緩緩從我們身旁經過……。

這不是在拍電影，他們是信奉阿曼門諾教派的阿米西人（Amish，亦稱阿曼人、艾美許人），蘭卡斯特就是阿米希人聚居的一個區域。

阿米希人是十六世紀歐洲激進宗教改革所產生的瑞士重洗派的德國後裔，由牧師Jakob Ammann所領導，認為上帝要人類盡可能過單純的生活，主張基督徒應該脫離世俗，因而形成獨特的文化與生活方式。其祖先在十八世紀末為了躲避宗教迫害及法國大革命的徵兵令，而大量遷徙到北美來，目前在美國的很多州及加拿大都有他們的足跡，而賓州則是他們聚居的大本營；目前總共約有三十萬人。

我是從由哈里遜·福特（H. Ford）主演的《證人》電影裡，第一次知道阿米希人這個特殊的族群。在電影裡，一個阿米希寡婦帶著兒子來到費城車站，兒子不巧撞見一樁警察謀殺案，由哈里遜·福特飾演的警探也險些遭同僚射殺，他在阿米希母子的掩護下逃命求生，並住進寡婦家中療傷。然後，透過療傷警探的眼睛，導演將阿米希人因宗教信仰而產生的特殊人生觀、價值觀及生活樣貌，一一呈現在我們眼前（這些顯然才是影片的重點）。

如今走在蘭卡斯特的路上，《證人》裡的某些畫面又浮現在眼前。在路上，一眼就可辨認出阿米希人，因為他們的衣著打扮跟現代人有很大的不同：男性都頭戴黑色寬邊草帽，穿吊帶長褲；而女性則穿單色長裙外加圍巾，頭上戴無邊的白色小帽；這跟三百多年前他們在歐洲祖先的穿著幾乎一模一樣。

阿米希人認為靈性生活高於物質生活、團體重於個人；強調合作與和平，反對競爭和暴力。這原也是西方很多教派、乃至世界不少文化共同的主張，但他們卻嚴格遵守，而且不惜與俗世和俗人劃清界線。《聖經》裡的三段話：「不要效法這個世界」（羅馬書）、「你們務要從他們中間出來，與他們分別，不要沾不潔淨的物」、「你們和不信的原不相配，不要同負一軛。義和不義有什麼相交呢？光明和黑暗有什麼相通呢？」（哥林多後書）正可以表示他們這種要遺世獨立、追求自己理想生活的基本態度。

他們堅信上帝，但沒有豪華的教堂，每兩周一次的周日禮拜在私人住宅或農舍舉行，禮拜儀式和詩歌都使用德語。信眾必須遵守所屬教區的Ordnung（德語：條令），每個教區的條令不盡相同，但都強調兩個基本精神：推崇謙卑與遠離驕傲，這使他們能衷心順服上帝的意旨、遵守團體的規範，不突顯個人的優越、不愛慕虛榮、不出風頭；大家互相幫助、和諧相處，在《證人》裡，就有大家在燦爛的陽光下扶老攜幼，幫助鄰居建造穀倉，並在群策群力的工作中彼此噓寒問暖、眉目傳情的畫面，相當溫馨而感人。

多數的阿米希人都務農為生，但除了使用牛馬犁田外，仍堅持手工耕作。在外人看來，這不僅吃力而且顯得冥頑不靈，但做此堅持主要是為了避免因此而滋生野心，受誘惑去購買更多土地，讓自己超越其他人。他們排斥現代科技，同樣是為了避免挑起過多的物質欲望，讓人產生比較與競爭心理，開始追逐個人的虛榮與驕傲，忘了謙卑，而對整個社區帶來負面的影響。

因此，傳統的阿米希人除了穿著樸素外，也不佩戴首飾，更不會以剪裁、顏色等來強調個人風格。家裡的布置也都盡量精簡，幾乎所有的家具都是自己動手做的；屋內沒有鏡子、圖畫，當然也沒有電話、收音機、電視、冷氣機、電腦、手機等現代科技產品，甚至沒有音樂（自己唱歌除外）。

但現代科技文明來勢洶洶，完全排斥已是天方夜譚，只能在不失原則下做有限度的妥協。至於要接納哪些項目、又接納到什麼程度，則由各教區自行開會討論決定。不少家庭如今都有了能保存食物的冰箱和照明的燈泡（但不是由電廠供電，而是抽取地底的天然氣來作為能源）。在《證人》裡，來此避難養傷的警探還利用空檔修理了汽車和收音機，然後在收音機播放的動人情歌中，和收留他的寡婦忘情擁舞，原先那涇渭分明的界線似乎已逐漸在退縮和消溶。

但即使是電影，寡婦和她公公及兒子所代表的阿米希世界，與警探所從來的美國社會依然有著難以跨越的鴻溝。寡婦的公公一直排斥警探，而警探和寡婦之間也只能「此情可待成追憶」，短暫的相處也許彼此會感到新奇，但要長久在一起，則在生活上、特別是觀念上必然會產生摩擦、甚至衝突。事實上，阿米希人跟美國主流社會一直有很大的扞格，他們拒絕接受國中以上的教育、拒絕服兵役、不接受政府的社會福利與健康保險，也不繳納相關的稅款等；都讓有關單位相當頭痛，彼此也一直在磨合之中。

基本上，阿米希人在自己的圈子裡過自己的生活，不喜歡跟外界打交道。但正因為特立獨行的生活方式引起外人好奇，反而使得蘭卡斯特郡這種村鎮成為觀光勝地，我們多少就是懷抱好奇與朝聖的心情而來。鎮上有展示阿米希人生活的主題樂園，因為時間關係，我們並未入內參觀，只到一家阿米希的商品專賣店，去看看他們特殊的手工藝製品和農產品；然後到一家開闊、人聲沸騰的餐廳去品嘗阿米希人的傳統餐點（但經營者和服務人員都非阿米希人）。

吃完飯，已經天黑，在對蘭卡斯特做最後一瞥後，就上車趕路。當車子在暗夜中接近紐約，遠方出現大都會裡誘人的璀璨燈火時，我想起《聖經》裡的那句話：「你們務要從他們中間出來，與他們分別……。」

我不禁回首遙望，然後閉目沉思。腦中一再浮現衣著古典的阿米希人、黑箱馬車、犁田的馬和農夫、遠方的農舍和穀倉、陽光中的田野……，如此的寧靜而又溫暖，似乎在提醒我：只要我願意，我也可以進入另一個世界，開始另一種人生。

但，這，也許也只是一廂情願、經不起檢驗的想法。

一棵老柏樹，傲立於北京孔廟

北京孔廟我去過兩三次，大成殿前方的一棵老柏樹讓我印象深刻。它有一個特殊的名字，叫「觸奸柏」。

相傳明朝嘉靖年間的宰相嚴嵩有一年代表皇帝來祭孔，當他經過這棵古柏樹下時，突然颳起一陣狂風，柏樹的枝葉搖動，一根伸出來的枝椏隨風颳掉了嚴嵩頭上的烏紗帽，嚇得他倉皇走避。因為嚴嵩靠著諂媚皇帝而獨攬大權，貪贓枉法，專橫跋扈，朝廷眾臣與民間百姓都身受其苦，敢怒不敢言；孔廟裡的這棵古柏居然能分辨忠奸，而且還不客氣地摘下他的烏紗帽，大快人心，因此留下「觸奸柏」的美名。

這棵古柏為何具有如此「靈性」？相傳它是距今七百多年前的許衡所手植。而許衡何許人也？他是元世祖忽必烈任命的國子監第一任祭酒（國子監相當於古代官方的最高學府，祭酒相當於校長）。國子監就在北京孔廟隔壁，如果傳說屬實，這棵柏樹應該是許衡擔任國子監祭酒時所種植的（孔廟與國子監相連且互通）。

許衡是河南新鄭的漢人，但應被列為金國人，因當時新鄭是大金國的國土。《元史》記載了他年輕時候的一則事蹟：許衡在某個大熱天和眾人逃難時路過河陽，大家看到路旁有很多梨樹，紛紛去摘梨子來解渴，唯獨他端坐路旁，不為所動。有人問他難道不會口渴，為什麼不去摘梨子？他說：「口雖渴，但不是我的東西我不拿。」大家笑說現在天下大亂，那些梨樹都沒了主人，何必拘泥？許衡正色回答：「梨樹沒有主人，難道我的心也沒有主人嗎？」

從這件事可知，許衡是一個很有自主性的人，不管外在環境如何變化、別人有什麼表現、自己受到什麼煎熬，他依然堅持自己的價值觀和信念，不做對不起自己人格的事。

許衡後來成為金國末年元朝初年有名的儒家學者，在忽必烈登基成了元世祖後，賞識與敬重他的才學，延攬他入京。他也向忽必烈陳疏〈時務五事〉，強調要行漢法，推崇儒學，還為元朝定官制、立朝儀；忽必烈也因而任命他為國子監祭酒。隨後，許衡在元朝的宦海浮沉，五進五出官場，但始終堅持自己的原則，不受利誘，不為權屈，有「元代魏徵」之稱。

有人也許會說，許衡是個漢人，而且還是當時知名的儒家學者，但卻去當蒙古人的官，雖然名義上是為了弘揚儒學，但還是會讓人感到「美中不足」、「遺憾」，甚至認為他「大節有虧」……。那不然你要許衡怎麼辦？當北宋的皇族和大官昏庸無能，丟掉大好河山，跑到江南繼續當皇帝和大官時，你要不能跑而留在中原的老百姓怎麼辦？天天以淚洗面、南望王師，或者遁入荒山、咬舌自盡……才叫做「大節不虧」、「死得好！」嗎？

我覺得有這種想法的人才是中了「偽儒學」之毒的迂腐人士。孔子生命中有兩個典範：周公和管仲，這裡只談管仲。管仲原本是齊國公子糾的家臣，當小白（即後來的齊桓公）殺了公子糾後，管仲並沒有以身殉主，還去當齊桓公的宰相，子貢因此問孔子管仲是否「不仁」、「大節有虧」？孔子不僅不以為忤，反而讚美管仲能從大處著眼，以「一匡天下」為己任，而不像小老百姓恪守小節，只會在山溝裡自殺，這才是有為有守的真君子。

當公子糾和小白還在爭奪王位時，管仲是盡心盡力為公子糾效命，但公子糾不幸死了，管仲不得已轉而輔佐齊桓公成就霸業，這其實也是一個「對得起自己」的選擇，「我的人生是我自己的，我要對得起上蒼給我的這個人生，在不違背自己信念的情況下，我更要對得起我的才華、我的夢想。」

也許就是因為對管仲的這種認同、讚美，並以他為典範，而使孔子在自己的母國（魯國）無法施展時，轉而周遊列國，到別的國家去尋求實現其政治抱負的機會。我覺得這才是「真儒家」的精神。

許衡因輔佐忽必烈，屢次進諫，而有「元代魏徵」之稱。眾所周知，魏徵是輔佐唐太宗成就「貞觀之治」的賢臣，但對他的來歷，知道的人可能就沒那麼多，魏徵原是在「玄武門之變」中被李世民（後來的唐太宗）殺死的建成太子的家臣，在建成太子被殺後，他轉而跟隨延攬他、賞識他的李世民。魏徵的選擇和表現跟當年的管仲其實非常類似，而許衡被稱為「元代魏徵」，也是實至名歸。

許衡曾說：「綱常不可亡於天下，苟在上者無以任之，則在下之任也，故亂離之中，毅然以為己任。」他最大的心願與責任是弘揚儒學，而他在元朝的官場五進五出，合則留不合則去，既沒有違背自己的信念和人格，更是在讓自己的才能得到最大的發揮，他可說是一個真正「對得起自己」的人。

許衡的表現，讓我想起文天祥的兩句詩：「世態便如翻覆雨，妾身原是分明月。」他們兩人其實是同一時代的人，忽必烈也很欣賞文天祥，也想延攬、重用他，但文天祥卻堅持不投降，最後還以身殉國。也許有人又會認為文天祥比許衡有「氣節」，但這其實又是不恰當的比喻。

我覺得文天祥也是在做「對得起自己」的事。他是南宋的江西人，是殿試中由宋理宗欽點的狀元，在南宋朝廷當官多年，且官至右丞相，他堅持做南宋的忠臣而以身殉國，這是求仁得仁，也是在彰顯他不變的價值觀、信念和可貴的人格。

生命是自己的，人生也只有一次，一個人要如何善用此生？我覺得不管做什麼，最重要且最可貴的是除了要對得起自己的價值觀、信念、人格外，也要對得起自己的抱負和才情；而不是對得起別人或什麼教條。

感謝北京孔廟有這樣一棵柏樹，讓我能在雜七雜八的聯想中，堅定「做個對得起自己的人」的想望。

一棵老柏樹，傲立於北京孔廟

輯三

對酌斯人

吳大猷教我的另一種物理學

二三十年前，我曾和當時已退休的中研院院長吳大猷有過同桌吃飯之緣。依稀記得他談了不少話，我做晚輩的只有聆聽的份。雖然已忘了他說什麼，但對他的平易近人、沒架子、西裝老舊，倒是印象深刻。

吳大猷有「中國物理學之父」的稱謂，諾貝爾物理獎得主楊振寧、李政道都是他的學生，德高望重，但卻絲毫沒有國際級知名學者（而且還當了官）的身段，不知道的人乍見他，恐怕會以為是個不太得志的退休小公務員。

我看過一則關於他的報導：有一次，他要到大陸去參加學術會議，所攜帶的行李箱竟然已經有三十年以上的歷史。箱子不僅老舊，連鎖都不見了，所以用繩子綑綁。到機場送行的清華大學校長沈君山建議他到香港換個新箱子，他卻堅持說：

「不用換了，這個箱子好好的，還可以用啦！」隨行採訪的記者開玩笑說：「這個箱子配上他的滿頭白髮，還真像個漫畫型的人物哪！」

記者大概認為他的這個造型代表了「古板守舊」，但更多人會說那是因為他「節儉念舊」。吳大猷當然買得起新箱子，在需要花錢時也毫不吝惜，「節儉」不足以形容他；而他也不是什麼舊的都喜歡，我覺得與其說他「念舊」，不如說他「重情」。因為三十多年來，這只皮箱陪他走遍世界各地，已形同一位知心老友；人家嫌它老舊，但他對它卻懷抱深情，不離不棄。

不只皮箱，服飾也是如此。吳大猷雖然有三、四套西裝，但也都有三、四十年的歷史（還好他的體型也很「念舊」）。他曾經說，一件衣服、一條領帶、一雙皮鞋、一只皮箱，這些東西就像親友一樣，一旦建立起了感情，哪有辦法說丟就丟。有一次，一位工友不小心壓斷了陪他多年的一枝毛筆，不能用了，但他還是將毛筆保存在筆缸裡，想到了就拿出來看看、摸摸，像哀悼一位老友。他就是這樣的重情。

對物如此，對人就更不在話下。吳大猷和阮冠世長達半世紀的夫妻深情更是物理學界乃至當時社會上的一段難得佳話。讓我印象最深刻的有三點：一、兩人是南開大學物理系的同學（吳大猷高三屆），吳大猷對秀外慧中的阮冠世是一見鍾情，兩人經常約會。吳大猷並非那種擅長甜言蜜語的男人，但在知道阮冠世患有肺結核後，就悄悄到市場買肉，自己煮了以前母親給他吃的隔水文火燉牛肉湯，送到女生宿舍，給阮冠世補身體。

第二，兩人在連袂赴美深造時，原本不同校，阮冠世後來才轉到密西根大學來。吳大猷的一份獎學金須供兩人開銷，更有阮冠世的醫藥費，所以他在夜間和假期都又兼了很多工作。雖然無怨無悔，但阮冠世最後還是住進了療養院。

第三，吳大猷獲得博士學位後，先回北大任教，阮冠世等病情稍為好轉再返國，卻立刻因嚴重感染又在醫院裡住了將近一年。吳大猷這時毅然表明，他要立刻和阮冠世結婚。當時很多師友、還有母親都勸他要三思，怕多病的阮冠世會拖累他一生；連阮冠世也勸他不必如此，而要求跟他分手。但吳大猷卻說：「生活中如果沒有了妳，我就不會幸福！」對親友的規勸，他則說：「她正處在最需要關照的境地。而結婚，是我今生能夠照顧她的唯一方式。」

就是這樣的深情和承諾，使有情人終成眷屬，隨後在北大、西南聯大、美國再到台灣，直到阮冠世七十一歲辭世，中間雖然也曾經歷九死一生，但吳大猷總是以不變的深情照顧著阮冠世。

吳大猷對學生的感情也一直被津津樂道。他桃李滿天下，但讓學生們感念的不是他教的物理，而是他對他們的關愛與提攜之情。楊振寧在得知自己榮獲諾貝爾獎後，立刻寫信給吳大猷：「大猷師：值此十分興奮，也是該深深自我反省的時候，我要向您表示由衷的謝意……。」

吳大猷看重人跟人的感情，這跟他說：「我平常很少與人來往，有時候與人相處，表面上的客氣是顧到了，但對不必要的人情則不大注意到。」「我可以說是不熱情、不大主動和人來往的人。」似乎有點矛盾；其實，正因為他重情、惜情，所以才不會濫情、不隨便動情、不會有短暫的熱情，但一旦建立起感情，那就會好好維繫、珍惜。

物理需要理性，吳大猷以其理性對物理學的進展做出不少貢獻，但更人欽敬的是他的「物理情」。物理是他從年輕時代就開始追求，而且獻身一輩子的一門學問，他對物理所懷抱的深情就如同對愛人一般地海枯石爛、終生無悔。我們只有認識到這一點，才能理解為什麼他在臨終前，還念念不忘交待門生要去找資料，幫他完成他的未竟之業──《中國物理學史》。李政道說吳大猷老師除了教給他人格的涵養外，更重要的是「對知識的忠誠」，這種「忠誠」，正是對自己所獻身的知識「不變的深情」。

這種對知識真理的深情，也蔓延到他對「做人道理」的堅持。有一次，某大學請他去演講，校長不僅要他等，還要他老人家爬樓梯上樓去打招呼，他覺得「太沒道理」，憤而拂袖；在校長作揖賠罪時，他更將校長罵得狗血噴頭。這樣的不留情面，正表示他是個具有真性情的人，他重視的不是一般的人情、情面，而是對某些信念、價值觀所具有的特殊的情感。另外，他以中研院院長之尊，在報紙寫方塊文章，對種種讓他「看不下去」的社會亂象提出批評、痛下針砭，同樣是來自他對這個社會所懷抱的深情。

我雖沒有聽過吳大猷的課，但總覺得他已用他的言行為我上了一堂讓我受用不盡的「物理」學──人間事物之道理的課業。

吳大猷之所以讓我覺得不同、讓人懷念，就是因為他是一個具有真性情、而且重情的人。只有活了超過半世紀的人才能體會什麼是真情和重情，真情不只是對人，還包括對東西、事情、知識、工作、環境、社會等等；而在過了四五十年，我們對某些人、物、事依然保有不變的深情，我們始能說自己是個重情的人，同時也可以說是對自己的生命意義、人生信念懷有無悔深情的人。

隔著石壁綻放的孤花狄金生

在新冠肺炎肆虐期間，深居簡出是最好的防範之道。但很多人卻對兩三天宅在家裡、甚至是一天不出門，都會覺得如坐針氈，我倒是樂得成天待在屋子裡讀讀書、看看影片、寫寫東西、想想事情、和妻子說說話，一點也不會覺得無聊，也許我已經習慣這種少與外界打交道的生活。

要說「宅在家裡」，我最佩服的恐怕非美國女詩人艾蜜莉．狄金生（Emily Dickinson）莫屬，她讓我覺得經年累月「宅在家裡」其實也可以是一種理想的生活方式。

初識艾蜜莉，是因為她的一首詩：「我本可以忍受黑暗／如果我不曾見過太陽／然而陽光已使我的荒涼／成為更新的荒涼。」當時讀這首詩，就覺得詩人有著與眾不同的細膩心思，在進一步了解後，發現詩人不只是女性，而且從二十五歲開始就過著足不出戶、摒棄社交的幽居生活，長達三十年（五十五歲過世）；在最後幾年，甚至沒有離開過自己的房間。

這的確讓人驚訝，但她的宅在家裡，並非身心有毛病、逼不得已之舉；可能也不是出於什麼嚴肅或痛苦的選擇，而是自自然然、水到渠成地就過著這種怡然自得的生活。

艾蜜莉是個見過燦爛陽光的富家女，少女時代就曾到華盛頓去找當國會議員的父親，住過林肯總統住過的賓館，參加過上流社會的社交活動，也念過大學（但念了一年就不念了），愛過心儀的男人，也被不錯的男人所愛，但似乎沒有想要結婚的渴求，而在二十五歲時就息交絕遊，整天窩在家裡，除了偶而有訪客外，書信是她跟外界溝通的唯一管道。

當然，要能在三十年間過著足不出戶的幽居生活，需要一些客觀條件的配合：首先，她出生而且生活在一個富裕的家庭裡，不愁吃穿，生活瑣事都有僕婦代為張羅；其次，她住的應該也算是豪宅，即使不出門，也有很大的活動空間，艾蜜莉平日也喜歡種些花花草草。再者，她並非完全避不見人，除了家人外，她也會和家中訪客交流。但最重要的是她珍惜那些無人干擾的時光，用來讀書、寫詩、寫信、寫日記，去探訪內心深處的自己，並與之深談；一點也不會感到寂寞、無聊。

有人說她性格孤僻，但也可以說她是不隨俗，她一點也不嚮往外面的花花世界與絕大多數的人際關係，而且很直白地說，那是因為她不想聽到「連我的狗都會感到難堪」的談吐（她養了一隻名字叫「卡羅」紐芬蘭犬，跟她相伴十六年）。她寧可看書，也不想旅遊，因為她說：「沒有一艘船能像一本書／也沒有一匹馬能像／一頁跳躍著的詩句那樣／把人帶往遠方／這渠道連最窮的人也能走／不必為通行稅傷神／這是何等節儉的車／承載著人的靈魂。」

根據推估，艾蜜莉可能寫過一萬封信，但因她在臨終前要求妹妹銷毀所有信件（草稿或未寄出），最後只有一千多封保留了下來（通信者九十九人），並在她過世七十年後出版（有中文繁體版《這是我寫給世界的信》）。這些信多屬私密性質，就像她寫的：「一封信總給我不死之感，因為它像是沒有肉體的純心靈，不是嗎？」從這些信件，我們多少可以了解艾蜜莉的心靈與感情世界。

「收到你一封信後我寫了很多信給你，不過感覺像是寫信給天空，翹首盼望卻無回音，有多少禱告啊，禱告者卻得不到半點回應！當其他人上教堂，我上我自己的，你不就是我的教堂嗎，我們不是擁有無人知道僅我們知道的讚美詩嗎？」這顯然是一封情書，收信者是最高法院的法官洛德，資料顯示，艾蜜莉在四十七歲以後，曾和洛德談過一場熾熱的「精神戀愛」。

另有三封給「主人」（master）的信，這個「主人」是誰頗費猜疑，其中一封的開頭是：「親愛的主人：要是你看到一隻鳥被子彈射中，而這隻鳥竟跟你說牠沒被打到，你可能會為牠的隱忍與客套感到難過，不過你不會相信牠說的。如果從我的傷口再流一滴血，這樣你就會相信了嗎？」這應該也是為情而傷感的情書，多數專家認為「主人」應該是指衛茲華斯牧師，艾蜜莉二十四歲走訪費城時，認識了四十歲的衛茲華斯，她對他一見傾心，但衛茲華斯已有妻子，艾蜜莉只能以隱晦的方式來表達她的感情。

日記則是她寫給自己的信。「沒有一個舞台能讓我搬演自己的戲，但思想本身就是自己的舞台，也定義著自己的存在……所以，就讓這個日記成為寫給自己的信吧，這樣就無需回信。」總之，不管是想給自己或別人的信，都可以說是她為自己搭設的思想舞台，即使是情書，主要也是在和自己的靈魂對話。

而她最重要的舞台莫過於詩了。「詩就像一縷金色的線穿過我的心，帶領我往夢中才出現的地方前進……我必須努力完成我的詩，否則我就會一點一點慢慢消失。」在她死後，她妹妹在上鎖的櫃子裡發現四十冊詩稿和一些尚未完成的手稿，總數將近一千八百首，但都未發表。

詩是彰顯和定義她個人存在的最重要物證，艾蜜莉不可能不希望發表，並與世人分享。事實上，她早年曾發表過約十首詩，也曾經將詩稿寄給文化界知名人士，尋求出版的機會，但因為她的詩作聲調不諧、句法支離，太隨興或者說太獨創，不符合傳統的詩律，所以反應冷淡（即使得以發表的那幾首也都經過編輯的大肆修改）。堅持自己寫法的她，不向世俗常規低頭，沒多久就「斷捨離」了這條路，我行我素，閉門造詩，自得其樂。

她曾對自己的詩沒有發表，說：「發表，是拍賣人的心靈……切不可使人的精神，蒙受價格的羞辱。」其實，可能還有「不願蒙受編輯和世俗常規的羞辱」的成分。即使在她死後四年，由家人和出版商整理出版的第一本詩集，為了符合傳統的詩律，她的原作還是經過相當的修改。直到現代主義興起，她那獨具一格的詩風日漸被接受，一九五五年才有完整而未經修改的《艾蜜莉．狄金生詩集》問世，也被譽為跟惠特曼並駕齊驅的美國女詩人、英語世界有史以來最偉大的女詩人。

現在再舉她具有代表性的兩首詩。一首是〈請允許我成為你的夏季〉：「請允許我成為你的夏季／當夏季的光陰已然流逝／請允許我成為你的音樂／當夜鶯與金鶯收斂了歌喉／請允許我為你綻放，我將穿越墓地／四處播撒我的花朵／請把我採擷吧——銀蓮花——／你的花朵——將為你盛開，直至永遠！」

另一首是〈我為美而死〉：「我為美而死，對墳墓／幾乎，還不適應／一個殉真理的烈士／就成了我的近鄰——／他輕聲問我「為什麼倒下？」／我回答他：「為了美——」／他說：「我為真理，真與美——／是一體，我們是兄弟——」／就這樣，像親人，黑夜相逢／我們，隔著石壁談心／直到蒼苔長滿我們的嘴唇／覆蓋掉，我們的姓名——」

當艾蜜莉獲得不朽的名聲時，「蒼苔已經長滿她為美而死的嘴唇」，也許有人會為她抱憾，但重要的是她活著時，能照個人喜歡的方式讓自己生命的花朵盛開，而且自我感覺良好，怡然自得，這樣就夠了，至於身後多少人來採擷、讚嘆，又與她何干？

但話說回來，像艾蜜莉這樣三十年足不出戶，其實很少人做得到；很多人都為了謀生而不得不出門，我覺得關鍵不是在我的「腳」有沒有踏出門，而是我的「心」擺在哪裡？當我的心擺在自家時，我就覺得特別自在；「自在」就是「別人不在」，但不是把別人視為無物，而是我無求於他們；當我不期待他人或外界能給我什麼時，我對他們就無所依賴；這種不期待、不依賴，除了自在外，更讓我感到自主與自足，而愈自在、自主與自足，我就愈能安心地宅在家裡。

我想，這才是我們能從艾蜜莉．狄金生的詩樣人生裡得到的最珍貴訊息。

解構張幼儀的人間十二月天

偶然在網路上看到一張照片，上有「蘇張幼儀　一九〇〇－一九八九」等字樣，應該是一塊墓碑。難道是……我好奇點進去看，果然就是被徐志摩休離的張幼儀，但為什麼貫了蘇姓，而且還葬在紐約的一個墓園裡？

張幼儀何許人？很多人對她的了解都是來自電視連續劇《人間四月天》或跟徐志摩相關的文字資料，我雖然寫過一篇〈自我辯護：徐志摩為什麼和張幼儀離婚？〉但對她的了解其實跟多數人差不多：

張幼儀家世良好，在奉父母之命和徐志摩結婚後，就被徐志摩嫌棄是個「鄉下土包子」，雖然和徐志摩生下了兒子徐積鍇，但兩人並沒有什麼感情。後來在英國時，徐志摩為了追求林徽因，竟逼迫張幼儀和他離婚，甚至墮胎。在離婚後，張幼儀就回到夫家，養育兒子徐積鍇，侍奉公婆，被徐志摩的父親徐申如收為義女……。然後，她就淡出我們的視野，「不知所終」。

離婚後的張幼儀，從歐洲返回徐家是在一九二六年，從墓碑可知，之後她又在人間生活了六十三年。但大家（包括以前的我）為什麼會對她這一段漫長的人生失去了了解的興趣呢？我想有一個重要的原因是來自我們在理解人生時經常會犯的一個毛病：「僵化的主從結構所帶來的誤讀」。

在這個事例裡，徐志摩才是人生的主角，在徐志摩的生命故事裡，張幼儀只是個配角，而且還是個可悲的角色；當她演完「棄婦」的戲後，她就可以鞠躬「退場」，接下來大家要看的是徐志摩和林徽因、還有陸小曼的愛情好戲。我驚覺這是對人生的嚴重誤讀，每個人都是自己生命故事裡的主角，其他人不管多偉大、多風光，跟自己的關係多密切，都應該只是配角。如果以張幼儀為主體，讓她當主角，我們就會看到一個完全不一樣，而且更具啟發性的故事：

張幼儀出身江蘇寶山的名望之家，她二哥張君勱、四哥張公權都是民國年間的風雲人物，但因傳統重男輕女的觀念，她不僅差點被裹小腳，而且在十五歲時，就中斷江蘇省立第二女子師範學校的學業，奉父母之命嫁給了徐志摩。她雖克盡婦道，但卻得不到徐志摩的真情相待。

在兒子徐積鍇滿兩歲後，張幼儀奉公婆之命到倫敦來和留學於此的徐志摩相聚。但徐志摩為了追求林徽因，竟逼迫張幼儀和他離婚，而且要已經又懷孕的她墮胎，然後就不告而別。絕望的張幼儀只能寫信向在巴黎的二哥求助，張君勱要她到巴黎來；在巴黎待了幾個月，又隨七弟轉往柏林，並在柏林生下她的第二個兒子彼得（徐德生）。在這段期間，張幼儀經常反躬自省，覺得自己雖逃過了纏足的宿命，但觀念跟傳統的中國婦女其實沒有兩樣，她領悟到自己應該而且也可以自力更生，遂暗暗下定決心「不管發生什麼事情，我都不要依靠任何人，而要靠自己的兩隻腳站起來」。

所以當徐志摩忽然又出現在醫院時，她就很坦然地在他拿來的離婚協議書上簽了字。然後留在柏林，邊照顧彼得（另請有保母），邊學習德文，並申請進入裴斯塔洛齊學院，攻讀幼兒教育；也開始去聽歌劇、看藝術展。但不到三年，彼得不幸因病去世，張幼儀在徐申如的請求下回到中國（一九二六年），和多年不見的兒子徐積鍇相聚。

翌年，就和兒子住在上海，一度在東吳大學教德語，不久，即開辦雲裳服裝公司，擔任總經理（徐申如是大股東），引入新潮時裝，帶動流行。隨後，又在其四哥張公權（中國銀行總行副總裁）的提議下，出任上海女子商業銀行副總裁，讓該銀行的業務轉虧為盈。雖然有親人的協助，但張幼儀很快在上海企業界樹立了精明能幹的女強人形象，也贏得了徐申如夫妻的尊重，她不再只是他們無緣的媳婦、孫子的媽媽、義女，更成了徐氏家族產業的大管家。

當徐志摩和陸小曼結婚，為了支付陸小曼奢侈的生活花費，很快花掉屬於他的那份家產後，徐志摩不得不低聲下氣來向張幼儀「周轉」。雖然是「十年河東，十年河西」，但張幼儀總是不念舊惡，慷慨解囊，而且顧全徐志摩的面子說：「這是你爹的錢。」

在徐志摩因所搭飛機失事而喪生時，陸小曼崩潰，拒絕去認領遺體，又由張幼儀出面，讓她八弟帶著十三歲的兒子徐積鍇去認領，並為徐志摩料理他的喪葬後事，還持續接濟陸小曼。而昔日公婆兼義父母的身後事，也都是由張幼儀辦理的。

徐積鍇高中畢業後，就讀交通大學土木工程系，一九四七年赴美留學。一九四九年，上海易幟，張幼儀帶著小孫子和孫女避居香港。在香港，她認識了住在樓上的蘇紀之醫師，同樣離過婚的蘇紀之自己照顧四個十歲左右的兒女；張幼儀常因小孫子的毛病而上樓去請教蘇紀之，也幫他照顧兒女，兩個人日久生情，終於，在一九五三年，蘇紀之鼓起勇氣向已經五十三歲的張幼儀求婚。

其實，在張幼儀和徐志摩離婚後，就有人追求過她，其中甚至還包括羅家倫（首任清華大學校長）；但吃過虧的張幼儀對婚姻已有自己的想法，所以最後都不了了之。在過了「知天命」之年後，一個普通、誠懇醫師的真情打動了她，覺得可以是後半輩子的理想伴侶。但她認為應該先徵求兒子的意見，所以寫信給徐積鍇：「兒在美國，我在香港，展昏誰奉，母擬出嫁，兒意如何？」徐積鍇立刻高興回覆：「……綜母生平，殊少歡愉。母職已盡，母心宜慰，誰慰母氏？誰伴母氏？母如得人，兒請父事！」他不僅祝福母親，而且樂意像父親般事奉蘇紀之醫師。

張幼儀於是愉快地和蘇紀之到日本東京舉行婚禮。婚後，兩人過著簡單幸福的生活，她成了蘇紀之四個小孩盡職的繼母，也幫他打理新開設診所的財務與雜事。蘇紀之曾對張幼儀說：「妳五十歲以前的人生我沒來得及參與，現在我想要補上。」所以兩人婚後十五年（一九六七年），在蘇紀之的期盼下，張幼儀帶著他重返英國，張幼儀牽著蘇紀之的手，站在四十六年前他和徐志摩所租的房子前，恍如隔世，不勝唏噓地對丈夫說：「我現在真的沒法想像我曾經那麼年輕過！」但沒說出口的也許是「曾經那麼無知與無助過」吧？

一九七二年，蘇紀之因腸癌去世。張幼儀在收起悲傷後，到美國和兒子徐積鍇一家人團聚。在美國十七年，她除了和兒孫共享天倫之樂外，還參加社區的各種課程：學習語文、有氧體操、勾針編織等等，不時和親友打打麻將，有著豐富的社交生活。

一九八九年，張幼儀病逝於紐約，臨終前，對隨侍在側的兒子徐積鍇說她的墓碑上要刻「蘇張幼儀」四個字。

有人說，這是張幼儀對徐志摩「最好的報復」。言下之意是張幼儀到死前還對徐志摩「念念不忘」，還是她生命中「最重要的人」，所以才會想到要「報復」。另有人說，在徐志摩落難及喪生時，張幼儀一再出面幫助，也表示張幼儀一直對徐志摩有「難忘的深情」；但我以為這樣的解讀都是我在前面所說的因「僵化的主從結構所帶來的誤讀」。

張幼儀和徐志摩離婚已六十多年，在張幼儀的生命裡，有太多太多比徐志摩更重要、更值得珍惜、更令她懷念的人；相較之下，徐志摩也許曾經重要過，但後來已被排擠到周邊，成為遠方一抹「淡淡的雲彩」。說張幼儀對徐志摩還有「難忘的深情」，還想要「報復」，那就依然陷在「徐志摩是主，張幼儀是從」這個僵化結構裡所做的人生解讀。

沒錯，張幼儀後來說過：「我要為離婚感謝徐志摩，若不是離婚，我可能永遠都沒有辦法找到我自己，也沒有辦法成長。他使我得到解脫，變成另外一個人。」但離婚已使她解脫、成長，變成另外一個人，她並非「徐志摩永遠的棄婦」，她有她自己輝煌的事業、圓滿的愛情、幸福的婚姻與家庭，在她的生命故事裡，她才是主體、才是主角，徐志摩只是配角。不只她會這樣認為，旁觀的我們也應該做這樣的理解。

那我這篇文章為什麼以〈解構張幼儀的人間十二月天〉為名？「人間十二月天」

是由《人間四月天》而來，它說的是徐志摩和張幼儀、林徽因、陸小曼三個女人的愛情故事，徐志摩是故事的主角；而「人間十二月天」則是個以張幼儀為主角的生命故事，它不只有像春天般短暫的愛情，更有生命夏天、秋天和冬天的不同風景，也是更值得體驗和欣賞的生命故事。

「解構」則是來自「解構主義」，它看似與一般人無關的哲學體系，但它要打破僵化的既定結構，重新安置「中心與周邊關係」的主張，則對我們每個人的人生不無啟迪作用。跟某些重要人士相比，我們都只是周邊人物，無可諱言，我們也經常只是別人生命故事裡的配角，繞著主角在打轉。但生命是自己的，我有我自己的生命故事，只有打破過去那種僵硬的主從關係，重新安置，把自己提升為主角、別人只是配角，依此來重新建構自己的生命故事，才是比較合理的做法。這並非故意要貶低別人，而是只有這樣安排，我們才能重新擁有生命的主體性和自主權。

黃昏裡的野鴿子，回首王尚義

有一年，我應全國高級中等學校教育產業工會之邀，到台中演講「擦亮快樂學習的神燈」。我野人獻曝，提了些如何激發學生好奇心、求知欲、認識知識之華美與開拓心靈視野的建議，問答時間有位老師問我對王尚義有何看法？

大概因為王尚義是我醫學院的學長，而又同樣在寫作、同樣對哲學有興趣的關係，以前就有好幾次被問過類似的問題，甚至還有人問：如果能穿越時空，那麼我在碰到困頓徬徨的王尚義時，「會給他什麼樣的建議？」

因為被問而讓我思考過相關的問題。王尚義的確很獨特，也令人難忘，即使到今天，他的幽靈還是像野鴿子般盤旋在不少邁入黃昏之齡者的天空。現代的年輕人對他也許比較陌生，但他的人生經歷、思想與情感依然有不少值得大家品味與省思的地方。

王尚義讀的是台大牙醫系，在學時即熱愛哲學與文學，除了寫作，也畫畫、拉小提琴，多才多藝。但不幸在畢業後不久，即因肝癌而英年早逝。身後，家人、朋友整理他的作品與遺稿，出版了《從異鄉人到失落的一代》及《野鴿子的黃昏》等六本著作。一九六九年，一位初中少女離家出走，寫給朋友一封遺書，兩個月後，遺體在木柵指南宮後山被發現，身邊遺物中有一本《野鴿子的黃昏》。當時社會普遍認為，王尚義的作品瀰漫著灰色虛無的思想，是讓這位「文藝少女」走上自殺絕路的一大原因。

王尚義有一首短詩：「我們這一代／這一代有靈魂的年輕人／那一個不是沉浸在淚水中／那一個不是漸漸地被痛苦融化淹沒／日子是苦的／沒有指望／活著就像多餘／我們掙扎／我們追求／我們徬徨／我們浮流在整個時代精神幻滅的泡沫上／沒有出路。」

的確相當的虛無灰色，但重點是「這一代有靈魂的年輕人」。王尚義所生存的那個年代比現在要來得高壓、閉鎖、困苦，有理想抱負的人難免會因為看不到出路而鬱悶、頹喪；而多愁善感、「有靈魂」的年輕人在沒有指望的追求中勢必更加徬徨與痛苦。但我想王尚義若不是英年早逝，在過了「強說愁」的人生階段後，他對時代和人生應該會有較為開朗、踏實、圓熟的看法。

王尚義的虛無與哀愁，除了本性和時代氛圍外，跟他的學醫顯然也有相當關係。他在文章裡經常透過一個讀醫學系的「他」來表達醫學教育對他年輕生命的衝擊，在〈孤星〉一文裡的「他」，上生理實驗時，當同學們對依然還活著的青蛙開膛剖腹，認真觀察學習時，「他」沒動過一次手，沒逞過一次英雄，當別人輕快殺戮的時候，「他」抬起迷惑的眼睛，朝向窗外。偶爾，「他」走到教室講台邊掛的一架骷髏標本前，握起骷髏的手，似乎在和它談什麼知心話。三年過去了，聽說「他」放棄學醫，重考大學，考上了哲學系。

在〈孤立的角色〉一文裡，「他」第一次解剖屍體時，「面對著那冷濕的一團肉，那生命平靜的歸宿……這鮮明的事實，這殘酷的謎」，讓「他」覺得「啞然悲悽」，而「沉入宗教的神祕」中，怯弱詢問「生與死的根底，人類的過去和未來」。為了探究和思考這些問題，「他」決定轉到哲學系去。但當小說中的「我」

介紹他去見哲學系系主任後，主任先是不以為然：「哲學雖然好，可是不能當飯吃呀！」後來又「格於學則」，沒有轉成。

三年後，「我」生病而住院時，遇見了當實習醫師的「他」，此時的「他」已顯得有點犬儒，當「我」抱怨醫護人員對病人缺乏感情時，「他」苦笑：「不是沒有感情，是麻木了，像風塵裡的女人，對愛情沒有反應。」但「我」看著他的背影，卻可以感受到「他」的寂寞、孤獨，「他與人生面面相對，他內心隱藏著存在的真實病痛。他有完善的渴望，卻被囚在殘缺裡。」「他的扮演至終是戲謔的，至終是戲謔裡的悲哀。」

在現實世界裡，王尚義確實是有過想轉到哲學系去的念頭，但因家人反對而作罷。他的文章除了訴說醫學教育讓他產生的生命反思外，也提到不少當時流行的存在主義思潮對他的影響，他談及的沙特、卡繆、齊克果、雅斯培、海明威、杜斯妥也夫斯基等人及其著作，也都是我大學時代所仰慕和愛讀的大師，我想我對王尚義的經歷與心思可能會比別人多一些「感同身受」。

在醫學生時代，我也有過跟王尚義同樣的經驗，但感受卻不太一樣。我曾在《實習醫師手記》裡描述這些經驗和感受：在生理實驗課，我們的對象是一條狗，當同組同學對開腸剖肚的狗進行各種實驗，認真記錄實驗所得時，「我則一直注視著被綁在板上的狗，牠茫然無告的眼光，以及斷續抽搐痙攣的身體，似乎在向我表白什麼。」實驗結束，想讓已奄奄一息的狗早點解脫，但卻無人動手，我說「我來」，然後拿起解剖刀，一刀刺入牠的心臟，鮮血噴上我握刀的手，我的眼眶和手都濕潤了。「如果我必須做兇手，我願我是一名高尚而仁慈的兇手。」

在大體解剖課，每天早上我必須像澆花一樣在屍體的臉上身上澆水，像園丁觸摸花木一般觸摸它，用一個學期的時間將它解剖得體無完膚。然後在期末考時，同學們像死刑犯般排成一列，蒼白的臉上張著無眠而充血的眼，被一個個推進充滿屍體的考場……「生命到底是什麼呢？醫學教育為我提出這到難題，而且讓我愈陷愈深。」然後我們被帶進醫院去觀看一群活生生而受苦的生命。「屍體笨拙的姿勢、腐敗的氣味，病人的不幸和痛苦，均使我沉思且哀痛。每一隻祈求的手，痛苦的臉孔似乎都朝向我……」。

這些對我也是無情的折磨，但也許我的思考沒有王尚義那樣深刻與透徹，我並沒有因此跌入消沉灰暗的深淵，我反而從王尚義和我都喜歡的杜斯妥也夫斯基筆下的伊凡．卡拉馬助夫的身上得到了救贖。伊凡雖然也是個虛無主義者，也對一切感到絕望，但卻還是願意認真生活，因為他相信「我的青春將戰勝一切」。他的「拒絕獨自進天堂」成了當時鼓舞我的一個信念，我在〈白衣．誓言．我的路〉裡就說：「拒絕獨自進天堂這種伊凡式的解決方法，並非什麼高超的道德原則，而是一種悲憫與憤懣，對生命何以有這麼多不幸和痛苦感到悲憫與憤懣，這也是我所選擇的方向。」

雖然我畢業後沒有當臨床醫師，但我在普及醫學知識的《健康世界》全職工作了六七年，為的就是「償還欠醫學的債」，對當年供我盜取生命奧祕的屍體和病人的一種回報。當然，我也必須感謝上蒼垂愛，不像王尚義英年早逝，才讓我有機會做這些事。

那我當年是否有過想要轉系的念頭？雖然我也對文學、哲學有興趣，但老實說，我從未想到要轉系，連一秒鐘都沒有。大一的國文老師曾開玩笑地說我應該念文學院，我笑著回答：「文學和哲學我自己念就可以，為什麼要轉系？」有人也許會認為我太臭屁，但因為我當時的夢想是想要「做個知識分子」，而喜歡文學和哲學、想對社會盡點責任，正是知識分子應有的本分，讀什麼科系都可以做知識分子，為什麼一定要轉到文學院去？

當然，因為醫學系的功課較重，會壓縮、排擠我想給文學和哲學的時間。我在當年的一篇文章裡訴說了這種心情：「桌上擺著一本《神經解剖學》和一本《莊子白話句解》，當我的手伸出去的時候，我就面臨一個痛苦的抉擇：我是要隨波逐流地做一個分數主義祭壇上的供品呢？還是要擺脫一切做一個人生意義的參透者？當學奴非我所願，做超脫派後果堪虞；前者須有耐心，後者須有魄力；前者可能一帆風順，後者可能荊棘重重；我徘徊在這兩個類型之間，不知如何取捨……。」

但大概是因為我對文學和哲學的「愛」不夠熱不夠深，我才能順利地念完醫學系，也考上了醫師執照，不過我還繼續讀我喜歡的文學和哲學，也寫了些東西。後來還讀到一九八一年諾貝爾醫學獎得主史匹利（R. Sperry，他以對分裂大腦的傑出研究而獲獎）的預言，他說廿一世紀最偉大的哲學家將是來自腦神經生理學界。讀完醫學系，深入醫學的尖端領域，搞清楚人類的意識、思想、認知是怎麼一回事，再去研究哲學，不是更好嗎？

當年的《神經解剖學》和《莊子白話句解》曾讓我面臨痛苦的抉擇，但幾年前，我寫了一本《莊子陪你走紅塵》，寫完才發現，在不知不覺間，我就是用我所理解的腦神經生理學去闡釋莊子「天地與我並生，萬物與我為一」這個特殊體驗的。它，應該也算是一種人生哲學吧？

王尚義的所有作品都完成於學生時代，就作品的廣度與深度來說，學生時代的我是完全無法和他相比的。雖然他的散文與小說有濃厚的灰色虛無色彩，但從論述性的文章裡仍可看出他對人類命運的關注與理想社會的嚮往，他其實也是一個氣象恢弘的知識分子。如果不是病魔纏身，那麼在走出陰暗的書房，踏進光亮而喧鬧的社會，接受現實的淬練後，他應該可以有較務實而積極的想法與作為。

至於他說想轉到哲學系，我覺得這更像一個隱喻，因為哲學系必修的哲學概論、理則學（邏輯）、中西哲學史、形上學、知識論、倫理學等，跟他想要參透的生死究竟、生命意義、宗教神祕、自我追尋等其實都殊少關係。王尚義所意指的更像一個人的「安身立命」之道，而它不管你學什麼、將來做什麼，只要自己好好體驗、認真思考，都可以有所得，只有從自己走過的足跡裡建立起來的知識，才是最貼心的。

在邁向人生黃昏時刻的我，回首王尚義，看到他彷如遠方暮色中的一隻野鴿子，正踽踽獨行，然後振翅，飛入灰茫的空中。

我欣賞他、尊重他，但並不羨慕他。他是他，我是我，生命的價值在於彼此互不相似。

老頑童劉其偉的斜槓人生

劉其偉是我最喜歡的台灣畫家，不只欣賞他的畫，更欣賞他的人生。他把他的人生活得像一件精美的藝術作品，既有令人讚歎的多采多姿，更飽含發人深省的智慧，讓我想起詩人艾略特所說的：「只有那些冒險走太遠的人，才知道自己能走多遠。」

劉其偉在成長階段，人生就有很大的起伏。祖籍廣東的他在福州出生，因父親在福州做茶葉生意；但生意慘淡，七歲時隨家人遷回廣東，九歲時又為了避債而舉家遷往日本橫濱，十歲時改名為劉其偉。在關東大地震中倖免於難，又搬到神戶，他開始半工半讀，十八歲畢業於神戶的英語神學院。但找不到理想工作，二十一歲時又以華僑身分考取庚子賠款公費生，到東京就讀東京鐵道局教習所的電器科。

畢業後返回中國，先在天津公大紗廠任職，蘆溝橋事變後，轉往廣州中山大學電工系任助教，在戰亂中與顧慧珍結婚。後舉家遷往雲南，投身軍旅，在兵工署任技術員，到滇緬一帶配電給水。抗戰勝利後，在經濟部當技術員的他到台灣參與接收和修護工程；三十五歲轉任台電八斗子發電廠的工程師。

三十八歲時，他改到台糖當電力工程師，有一天與同事到台北中山堂看香洪的畫展，因為香洪也是位工程師，在同事的調侃與激勵下，他見賢思齊，開始自修水彩畫。他的處女作《塌塌米上熟睡的小兒子》獲得馬白水教授的讚賞，給他很大的鼓勵，翌年，又以《寂殿斜陽》入選台灣第五屆全省美展，更加強了他走上畫家之路的信心。隨後，除舉辦個展、聯展外，更利用他青年時代所修習的英語，開始翻譯跟繪畫有關的書籍。

四十六歲時，他轉到新竹空軍基地的美軍在台單位服務，並在八年後前往越南，參與美國軍機場工程設計工作兩年，他利用公餘時間去考察占婆、吳哥窟的歷史遺跡，完成《中南半島一頁史》，開始對原始藝術產生濃厚興趣，畫風也隨之改變。

六十歲從工程師的崗位退休，他全心投入藝術創作，除國內個展外，也開始到國外展出。另外，他還成立了「中國藝術學苑」，翻譯並出版各類藝術理論書籍，更到各大學的藝術相關科系教書，當起了教授。為了了解更多的原始藝術，他開始深入新竹五峰、苗栗南庄、屏東霧台、台東蘭嶼等地，考察台灣各族原住民神話、巫術、生命禮俗、藝術，完成《台灣原住民文化藝術》等書，並進而到菲律賓的原住民部落進行田野調查，也出版專書，而成了田野調查家和業餘的文化人類學家。

年紀愈大，他愈走愈遠也愈野，六十七歲時到南美洲叢林探訪馬雅、印加古文明文化，七十歲前往婆羅洲砂勞越的熱帶雨林，七十三歲前往非洲，考察當地的原住民生活及原始藝術，成為名符其實的探險家。在七十五歲及八十二歲時，更分別組探險隊前往婆羅洲與巴布亞新幾內亞進行文物採集，當起了探險隊隊長。

九十歲時，他更以多年來的收集和研究，寫成他最後一本著作《性崇拜與文學藝術》，成了性學家，而且很可能是世界上最老的性學家。然後在九十一歲（二〇〇二年）時，他才因主動脈剝離而突然過世。

劉其偉素有「畫壇老頑童」之稱，穿著卡其獵裝、戴頂帽子、背個包包、啣根菸斗，到處亂跑，就是他在人間留下的最鮮明影像。其實，說「畫壇」太侷限他了，他不只是畫家，還是工程師、作家、人類學家、探險家、性學家、保育人士、翻譯家、出版家、領隊、教授……，「人間老頑童」也許才是更合適的稱呼。在每一個領域，他都玩得不亦樂乎，而且可以說是一直「玩到掛」，簡直就是「人間大玩家」。

劉其偉常笑稱自己是一把「萬用刀」，耐用、耐磨、全方位、多功能。這除了顯示他多才多藝外，更來自他那不安於室、不怕改變、樂於嘗試、勇於冒險的性格。在抗戰勝利後，他本來可以過安穩的生活，卻選擇到陌生的台灣來；越戰爆發後，大家對越南避之唯恐不及，他卻認為那是他「一生唯一翻身的機會！」而欣然前往；雖然這些選擇都跟他的語文能力與專長直接相關，但勇氣才是最關鍵的臨門一腳，他的人生也因此而改變。在成為知名畫家後，他其實也可以就此以繪畫自娛娛人，頤養天年，但卻偏偏又要以古稀之年，到蠻荒之地四處探險；比他所崇拜的海明威活得更「轟轟烈烈」。

他在行動上的不安於室、勇於冒險，跟他在觀念上的跳脫流俗與常規是互為表裡的。不是美術科班出身、三十八歲才開始學畫畫，能有什麼成就？八十歲還到處亂跑，萬一出事怎麼辦？大多數人都會拘泥、受制於這些「世俗觀點」或「專家意見」而卻步，但他卻我行我素，一點也不以為意，結果就活出了比多數人更精采的人生。

最特出的是因為他不僅長壽、身體也很硬朗，有人問他「如何養生」？他笑著說他跟野生動物一樣，「睏了才睡，餓了才吃」，興致來了，熬夜到凌晨三四點，快中午才起來；三餐既不定時、也不定量。如果他拘泥於「三餐要定時定量」、「營養要均衡」、「早睡早起身體好」，那他就只能待在家裡，過有規律而無趣的生活，怎麼能徹夜不眠作畫寫稿？怎麼能到叢林裡去探險？怎麼能連續兩天都只吃香蕉果腹？又怎麼能活出一個跟人家不一樣的劉其偉？

但這並不表示他特立獨行，很難跟別人相處，劉其偉其實很有親和力，對每個人都笑咪咪地張開雙臂，和老中青三代都可以談得很開心。他開朗、豁達、隨和，覺得對人、對事、對世界、對人生都不必太計較，就像他喜歡畫的「睜一隻眼、閉一隻眼的貓頭鷹」，該認真的時候要認真，但不必認真的時候就該放輕鬆一點。

除了「老頑童」外，他還有「老巫師」、「倫敦乞丐」等封號，他還喜歡自我調侃，說「我是個小丑」，「我只是一隻老鼠」，他的自畫像就像他的人生哲學，亦莊亦諧、有豐富的簡單、純真而又神祕。

關於創作，劉其偉說，最重要的不是技巧，而是來自真摯的感情，也就是愛。他的人生就是他所創作的最好作品，在其中表達了他對自己、別人和世界的愛。他尊重他人、萬物與自然，但他也尊重自己，尊重自己的生命、才能、勇氣與機會，並在離開時告訴我們：「只有那些冒險走太遠的人，才知道自己能走多遠。」

傅斯年的鐘聲敲成了絕響

不久前，我在網路上忽然瞥見「台大學生會推校園轉型正義，校友連署搶救傅鐘」這樣的新聞標題，心裡納悶：台大學生會是準備拆掉傅鐘嗎？否則為什麼會招來校友聯署搶救？在詳細看了各媒體的相關報導後，才曉得事情的始末應該是：台大學生會向校務會議提案由師生共組校園轉型正義小組，調查與公開歷史事實，推動清除具威權意象的校園空間等。台大校友中心在校友的Line群組說學生會此舉「恐涉及傅鐘、傅園等」，結果就有校友發起「搶救傅鐘」的聯署活動。雙方人馬並在台大校務會議場外拉布條互別苗頭，校友會這邊說「學生會向當權者獻媚」，學生會這邊則認為「校友會造謠抹黑」（說他們在提案裡根本沒有提到傅鐘）。台大校務會議的結果是否決了學生會成立校園轉型正義小組的提案。

這個事件到此暫告一段落。是非黑白，每個人的心中自有一把尺，我無意置喙。不過說起傅斯年、傅鐘和傅園，倒是讓我產生一些感觸：

我在高中時代就從書刊中知道傅斯年的一些事蹟，所以在剛上台大的第一堂國文課，老師要我們寫一篇自我介紹時，我就在那篇文章裡說（大意），我服膺已故的傅斯年校長所說要「貢獻這所大學於宇宙的精神」，我覺得台大不是什麼高級職業培訓班，而應該是一個有志青年追求知識和真理、結交朋友的理想學府，我很高興能進台大接受這樣的洗禮。

雖然我後來才知道「貢獻這所大學於宇宙的精神」這句名言其實是史賓諾莎（B. Spinoza）說的，傅斯年校長以它來期許自己和台大師生；而一個念醫學系的人說要來「追求知識和真理」，似乎也有點好高騖遠；但無可諱言，它曾經撼動我年輕的生命，點燃我想要當一個知識分子的熱情。

記得台中一中和台中女中的台大聯合校友會迎新晚會，就在傅園裡舉辦。雖然已知傅園就是傅斯年的墓園，但第一次親臨，看到希臘神殿式建築中間擺著的大理石石棺（主辦同學還在神殿的角落和石棺上點著白色蠟燭），我凝視石棺上篆刻的「傅校長斯年之墓」在燭影中明滅，仍不免胸中波濤起伏。

位於椰林大道和行政大樓間的傅鐘，是為了紀念傅斯年而建的，也是台大的上課鐘。進台大不久，一次在新生大樓上課，老師在鐘聲響完後步入教室，露出神祕的笑容問：「你們聽到剛剛傅鐘敲了幾下嗎？」同學們面面相覷，老師說：「是敲了二十一下。」然後自問自答：「為什麼是二十一響呢？因為傅斯年校長說：『一天只有二十一個小時，剩下三個小時是用來思考的。』傅校長希望你們不只要好好讀書，更要認真思考。」思考、思考、再思考，這的確是一個一流大學的校長應該有的看法和說辭。

傅斯年當台大校長的時間其實不到兩年（在任上因腦溢血而過世），但卻成為最受推崇、最讓人緬懷的一位台大校長。我想除了他是五四新文化運動的健將，憂國憂民且不畏權貴，公開為文指責孔祥熙、宋子文，在擔任北大代理校長時雷厲風行，擁有崇高的學術和社會聲望外，更因為他在混亂的時局中，臨危受命，打消赴美看病的念頭，出掌台大。

雖然時間很短，卻做了很多事：譬如裁退濫竽充數、不適任的教職員，力邀大陸知名教授前來台大任教，將「敦品、勵學、愛國、愛人」立為校訓，訂定現代化的教學與校務制度、規章等，讓台大脫胎換骨，為建設台大成為世界一流大學的宏圖打下基礎。

其間最受注目的應該是一九四九年的「四六事件」，當時的台灣省政府主席陳誠認為台大和師大是匪諜的大本營，要求進校肅清匪諜，傅斯年以「我有三個條件：一、要快做；二、要澈底做；三、不能流血。」做回應。四月六日當天，警總司令彭孟緝帶著軍隊進入校園前，傅斯年警告他：「若有證據該抓就抓，若無證據就不能隨便進學校抓學生！我有一個請求，你今天晚上驅離學生時，不能流血，若有學生流血，我要跟你拚命！」當天，台大被抓了不少人。事後，傅斯年也盡其力營救出不少證據不足、無辜受牽連的學生。

「若有學生流血，我要跟你拚命！」這句話被幾年前太陽花學運的學生拿出來傳頌。當然，還是有人對「傅斯年是學術自由、校園自主之捍衛者」的說法不以為然，因為他最後畢竟同意讓軍隊進入了校園。但我們要考慮在當年風聲鶴唳的時局下，他的選擇其實相當有限，我倒是比較認同他在當時所說的另一段話：「我不能承認台灣大學的無罪學生為有罪，有辜的學生為無辜，此之為公平。不能承認任何人有特權，此之謂公平。我既為校長，不能坐視我的學生受誣枉。」

傅斯年的學術成就如何，不是我能談的。但他早年認為顧頡剛對少數民族的研究破壞了「中華民族一體」的框架，而說「為學問而學問，不管政治……最為可痛恨者此也。」「若以一種無聊之學問，其惡影響及於政治，自在取締之列。」我覺得這其實是違反「學術自由」的。

以前有一段時間，當被問及我對中醫的看法時，我會以「傅斯年說：『我是寧死不請教中醫的，因為我覺得若不如此便對不住我所受的教育。』」中醫的很多觀點跟我所受的醫學教育也有太多的矛盾，傅斯年的說法是何等犀利而又痛快（難怪會被稱為「傅大砲」）！但到後來我已很少再這樣引用，除了自覺「躲在大砲背後」不太光彩，更因為認為傅斯年的說法太獨斷，在本身對中醫還沒有太多了解之前就發此豪語，並非理性的知識分子該有的作風。而他對擁有深厚傳統的台大醫院的整頓，跟當時的醫學院院長杜聰明鬧得頗不愉快，也被認為是外行指導內行。

這不是什麼責備賢者，而是每個人都有缺點、弱點和盲點，不必隱惡揚善地去製造完人神話。但即便如此，我還是相當敬佩與喜歡傅斯年，從他身上，我看到的是一個知識分子的執著與可愛；他在過世前，曾對舉薦他的朱家驊說：「你把我害了，台大的事真是很多，我吃不消，恐我的命欲斷送在台大了。」抱怨歸抱怨，但他還是奮力而為，也許他認為建設台大是他當時生命中最有意義的一件事吧（或我替他這樣認為）！

根據其妻子俞大綵的回憶，傅斯年在腦溢血而死的前一天晚上，還穿著一件棉袍伏案寫作，俞大綵勸他早點休息，他擱筆說：「趕寫文章，想急於拿到稿費，做一條棉褲。」因為他的腿怕冷，西裝褲太薄，不足以禦寒。

傅斯年留給台大的校訓「敦品、勵學、愛國、愛人」，對現在的我來說，也許只剩下「愛人」較有意義。但要怎樣「愛人」呢？照傅斯年的說法：「剋服自私心，剋服自己的利害心，便可走上愛人的大路。」在這個誰也不服誰、互相指摘與撕裂的社會裡，期待所有人在說話為文時，都能花點時間思考（不必三個鐘頭）：「我的所說所寫，裡面包藏了多少自己的私心和利害關係？」

女士我不轉彎的柴契爾夫人

《被討厭的勇氣》是幾年前的一本暢銷書。暢銷，因為它道出了很多人的心聲：大多數人都怕被別人討厭而不敢暢所欲言、暢所欲為，覺得綁手綁腳、不自在、不自由。作者岸見一郎是阿德勒心理學的專家，他直指問題核心，認為大家怕被人討厭其實是個人主觀的自卑感在作祟，因為對自己缺乏自信，怯於自由地表達自我，而只能以「消極地討好」方式來得到別人的認可。要想活得自由自在，的確需要有不怕被人討厭的勇氣。

但如果勇氣十足，完全照自己的方式暢所欲言、暢所欲為，結果真的被很多人討厭了，而自己卻又沒有獲得什麼正面、值得肯定的東西，那這樣又有什麼意義呢？也許會比「不被討厭」來得更糟吧？

我覺得「做自己的勇氣」這種說法雖然有點俗濫，但應該更值得鼓吹。「做自己」不見得全都會「被討厭」，固然有人會因為看不順眼而討厭你，但也會有人因為你的有主見、不隨俗而喜歡你，甚至敬佩你。事實上，一個勇於做自己的人，總是會被某些人討厭，同時也能被另一些人喜歡。

英國BBC在二〇〇二年做了一項調查，有一個人在「最偉大的一百位英國人」的問卷中排名第十六，在當時還活著的人中名列最前茅。但同一個人，在隔年「你最痛恨的一百位最壞的英國人」的調查中排名第三，也是在世者中的佼佼者。她就是英國前首相瑪格麗特．柴契爾（Margaret Thatcher），很少人能像她這樣，同時受到那麼多英國人的愛戴和厭惡。

瑪格麗特從小就是一個很有主見的人，這除了天性外，更得力於他父親的教誨。她出生於英國小鎮，父親在鎮上開雜貨店，從小就對她寄予厚望。她在回憶錄裡說她最記得有一次父親不准她跟大夥兒出去玩，她問父親「為什麼？」父親告訴她說：「不要因為別人做了什麼事，你就跟著做或想要做。你究竟想做什麼，要自己拿定主意，然後說服別人跟你走。」

她在就讀牛津大學時，開始熱中政治，曾擔任該校保守黨協會主席。畢業後做了幾年藥劑師，又改行當律師；三十四歲當選英國下議院議員，從此展開她的政治生涯。四十五歲擔任教育大臣，上任一個月，為了削減教育開支，取消小學生的免費牛奶供應，結果引起強烈反彈，遭到示威者投擲雞蛋和爛菜葉，但她照做不誤，只要她認為是對的，她就毫無畏懼，也絕不屈服。

五十歲時，她當選英國保守黨黨魁；五十四歲更進而成為英國首相，不僅是英國有史以來唯一的女首相，而且還連任三屆（十二年），是格萊斯頓之後任職時間最長的首相。在她出任首相之前，英國不僅早已失去往日的榮光，而且經濟困頓更迫在眉睫，很多地區還因不斷罷工而陷入癱瘓。她在上台之際就宣布，她將領導英國走向繁榮，方法是毫不妥協地進行改革。在經濟上，推行新自由主義，跳脫福利國家的僵硬政策；在政治上，與美國聯盟，反對歐洲一體化，特別是統一貨幣。

大刀闊斧的改革，必然會使某些人受益，某些人受損；而每一個新的政策也都是利弊互見的，所以自從她上台後，爭議就如影隨形。但她牢記父親對她的教誨：「你究竟想做什麼，要自己拿定主意，然後說服別人跟你走。」除了向大家說明自己的政策爭取認同外，她表明自己堅定的信念，即使被討厭也不會妥協，她說：「如果你的出發點就是討人喜歡，你就得準備在任何時候、在任何事情上妥協，而你將一事無成。」

不少圓融的政治家喜歡尋求所謂的「共識」，但她說：「我不是一位共識政治家，我是一個有信念的政治家。」她甚至在保守黨大會上明言：「共識可能是為了迎合對任何事都沒有具體看法的人……除非基於對使命的堅定信念，否則不會有偉大的政黨。」

她這種永不妥協的政治作風，為她在國際上贏得「鐵娘子」的稱號，這原是她在擔任保守黨黨魁時，發表抨擊蘇聯的強悍而尖刻演說後，蘇聯媒體給她的謔稱，想不到她立刻笑納：「他們說的沒錯，英國的確需要一位鐵娘子。」在她上任首相一年後，因為經濟改革遇到強烈的抗爭，外界都以為她迫於壓力，經濟政策會有一百八十度的大轉彎，沒想到她竟強硬地說：「如果你們要轉彎就請便，女士我不轉彎。」（You turn if you want to, the lady's not for turning.）

在擔任首相期間，她的強硬和堅韌，不只對外，譬如下令英國海軍艦隊作一萬兩千公里的長征，去奪回被阿根廷占領的福克蘭群島；而且還對內，譬如和勢力龐大的工會組織纏鬥多年，大幅度地削弱他們的力量。喜歡她的人認為她帶領英國走出困境，找回往日的榮耀；而討厭她的人則認為她是一個蠻橫的獨裁者，毀掉了英國的福利制度和社會和諧。

但不管你是英雄或狗熊、鐵或不鐵、轉彎或不轉彎，總有下台的一天。在一九九〇年，她因為反對加入歐洲貨幣聯盟，被她的政治盟友們逼宮下台。

客觀來說，柴契爾夫人是繼邱吉爾之後，英國最強有力、爭議也最多的首相。但要如何來看待她所引發的爭議，所帶來的各種批評、讚美與厭惡？我想最重要的還是她自己怎麼看？她說：「如果無法引起爭議和批評，那就說明我不稱職。」因為她知道如果她想帶來改變，做個帶領英國走向繁榮的稱職首相，那必然會帶來衝突，讓某些人厭惡、讓另一些人讚美，但她應該不計毀譽、泰然處之，做自己認為對、應該做的事。

想要做一個稱職的人顯然也該如此。我們不可能取悅所有的人，也不必怕引起爭議，既不怕被討厭、更不怕被喜歡；我所能做的就是拿定主意，做我自己。一個真正在做自己的人，他關心的是自己的所作所為是否符合自己的信念，而不是別人會討厭或喜歡。

其實，很多人都很在意自己是被人討厭或喜歡，並以此「社會風評」來衡量自己「做人是否得體」。兩千多年前，孔子就對這個問題提出他的看法：當子貢問他「鄉民都喜歡一個人時，這個人如何？」孔子回答：「還不能說他就是好人。」子貢再問：「鄉民都討厭他，又如何？」孔子回答：「也不能說他就是壞人。不如好人喜歡他，不好的人討厭他，那才是真正的好人。」在另一個場合，孔子又把類似的觀點再說一遍：「大家都討厭他，一定要再仔細考察；大家都喜歡他，也一定要再仔細考察。」

雖然以「好人」和「壞人」來做區分過於簡略，但孔子很早就提醒我們：在自然而正常的情況下，一個人的所作所為，總是會讓某些人喜歡，也讓某些人討厭；如果刻意地想讓所有的人都喜歡或不討厭，那就是不自然、不正常、虛偽，鄉愿。

有個故事說，某人跟一位老畫家學畫，學了幾年，頗有成果。在離開前，老畫家為他上最後的一堂課：要他挑選自己最滿意的一幅畫到藝廊展出，在真跡旁另外準備一幅照相版複製品，放一枝筆，附上說明「請觀賞者用筆圈出畫得不好的地方」。展覽完畢，他發現複製品上到處是圈圈，很多地方都有人認為畫得不好，他看了深受打擊。老畫家要他再以同樣的方式，改到另一個藝廊展出，不同的是，這次改請觀賞者用筆圈出他們認為畫得很好的地方。展覽完畢，他發現複製品上也到處是圈圈，很多地方都有人認為畫得很好，他心中的陰霾也一掃而空，愉快地恢復了自信。老畫家於是說：「這就是我為你上的最後一堂課。不管你畫什麼，畫得如何，總有些人會說你畫得很好，另些人會說你畫得不好，你不必太在意別人怎麼說，重要的是你要有自己的看法，因為這是你的畫。」

不管你做什麼，怎麼做，如果你有機會和方法去了解足夠多的人的看法，那你應該就會發現，總是會有些人討厭、有些人喜歡。對這些討厭或喜歡，你可以參考，但不必在意，更不必受到迷惑。在印度幫助很多窮人而獲得諾貝爾和平獎的泰瑞莎修女，對她的善舉還是有人批評、有人討厭，她說：「不管別人說什麼，你都應該微笑接納，然後做你自己的事。」這是你的人生，做你自覺應該做的事；至於因此而讓人討厭或喜歡，那是他家的事。

走出自己人生路的兩位聰明人

前些時候，淡江中學的學生團購了我的《青春第二課》，我因想去馬偕墓園拍照，就自己開車送書過去。老師特地安排了兩個學生為我導覽。

其實，馬偕墓園我以前就來過，但經由學生導覽，也知道了以前不曉得的一些事，譬如學生告訴我，馬偕夫人張聰明是第一個環遊世界的台灣女子。我也告訴學生他們可能不知道的事，張聰明的名字是馬偕幫她取的，但為什麼叫做「聰明」？因為她原來的名字叫「蔥仔」，「蔥」與「聰」的發音相近。

不過從另一個角度來看，張聰明確實也是當時的一位聰明人。

張蔥仔是淡水對岸的五股坑人，從小就送給人家當童養媳。但在十二歲時，她的未婚夫不幸過世，養母認為她破格剋夫而逆待她，終日勞役，備極辛苦。幸好她未婚夫的祖母陳塔嫂同情她，給她不少精神上的慰藉。

就在這段期間，馬偕傳福音傳到了五股坑，招呼青年男女來讀羅馬字，吟唱「養心神詩」，做禮拜敬畏上帝，參加者每月發白銀一元（當時一斗白米約二角）作為獎勵。在聽了馬偕講道而成為台灣首位女信徒的陳塔嫂，鼓勵張蔥仔報名參加；她努力向學，成績也非常優異。能讀書又可賺錢，養母也就不再阻擾。後來馬偕要回加拿大，他交代學生讀聖經，半年後回來要做測驗。結果蔥仔又考得第一名，獲得白銀三元的獎金，養母更加高興。

張蔥仔在一八七八年二月三日（時年十七歲）正式受洗，也由馬偕將她改名為張聰明。隨後，五股坑教堂落成，已經受洗的陳塔嫂見三十五歲的馬偕依然孤家寡人，而想把養孫女張聰明許配給他，馬偕認為這是上帝善意的安排而欣然接納，兩人遂在同年的五月二十七日於淡水英國領事館完成終身大事。

婚後，張聰明除了照顧馬偕的飲食起居外，更經常隨同馬偕到各地布道，而民眾也因馬偕成了「台灣女婿」，對他所宣揚的基督福音增加了不少好感，讓傳教更順利。一八八〇年，張聰明隨馬偕遊歷印度、歐洲大陸、英國等地，最後抵達加拿大；為在淡水創辦神學院到各教會募款，並在隔年返台前，穿著台灣傳統服飾在歡送會上用英語暢談她在旅途中的見聞與人生感想。

一八八二年，馬偕在淡水創辦了理學堂大書院（即牛津學堂），擔任校長，張聰明則是五位教師之一，後來更成為稍晚建立的女學堂的義務教師。對近代西方文明在台灣的傳播，盡了不少心力。

張聰明和馬偕育有二女一男，長女偕瑪連嫁給陳清義牧師，次女偕以利嫁給柯維思長老，都成了「台灣媳婦」。兒子偕叡廉在返回加拿大接受大學教育，並在美國得到碩士學位後，又回到台灣，創辦了淡江中學。如今，馬偕和張聰明夫婦，還有他們的兒女及配偶，都安息於馬偕墓園裡。

馬偕到淡水傳教時，當地人呼之為「鬍鬚番」，對他、基督教和西方文明多抱持懷疑、排斥的心態。張聰明能夠從一個苦命的童養媳搖身變成通曉並傳播西方近代文明的馬偕夫人，她養祖母陳塔嫂固然功不可沒，但若非她本人有開闊的心胸、高超的眼界、過人的才智、豐沛的愛心，也無以致之。放眼她所處的時代，像她這樣的聰明人的確是有如鳳毛麟角。

張聰明的事蹟讓我想起另一位也以聰明為名的淡水人——杜聰明。杜聰明出身北新庄的農家，家境不錯；三歲時台灣割讓給日本，六歲時為避土匪之亂，曾舉家暫時遷到滬尾（即淡水）街上，讓他對淡水港口的熱鬧和國際氛圍留下深刻的印象。特別是馬偕醫館就在住家附近，他長兄杜生財還是教會義學書房的老師，書房和醫館就成了他時而遊玩之地。

杜聰明從小就喜歡讀書，九歲開始隨長兄讀漢文，十一歲進入淡水公學校，當時接受這種現代化日本教育的台人並不多，他是該校的第七屆畢業生（全班十九人），從一年級第三學期到六年級畢業，都是第一名。畢業後去報考台灣總督府醫學校（台大醫學院前身），據他後來自述，並非他對當醫師有興趣，而是因為醫學校最難考，他把考醫學校當作自己能力的一種考驗。

結果不僅入學考的筆試第一，而且五個學年及畢業時都是第一名。畢業後，決心做學術研究而前往京都帝大醫學部深造，成為台灣史上首位醫學博士。返台後，擔任台北帝大醫學部教授，以對蛇毒和鴉片的研究而蜚聲國際。台灣光復後，曾擔任台大醫學院院長及台大代理校長，後來更南下創辦高雄醫學院，對台灣醫學教育及研究的貢獻，也無人能出其右。

我畢業後辦雜誌，曾去採訪過杜先生兩三次，也詳讀了他的《回憶錄》，讓我感觸最深的是他對兩位日本老師發自肺腑的感謝：

一位是淡水公學校的小竹德吉校長。當時還單身的小竹校長叫在淡水街上租房子的杜聰明到校長官舍跟他同住。「小竹先生愛護筆者如親生子一樣，米及菜錢一任筆者管理，每日往滬尾街市場買菜，朝夕炊飯，同吃三食，在同一蚊帳內睡眠。」六年級時，小竹回日本結婚，不久帶著新娘子回台灣，雖然此時已不需杜聰明下廚，兼且兩人新婚燕爾，但小竹夫婦還是要他住到畢業，於是「繼續三人同住一家，同吃三頓飯，同睡於一蚊帳內。」而在要投考總督府醫學校時，因擔心他體格過不了關，小竹夫人還特別帶他到台北醫院做身體檢查。

另一位是當時總督府醫學校的代理校長長野純藏。杜聰明的入學筆試雖然第一，但體格卻被判丙下，照規定是不准入學的，不過因長野校長惜才，特別破格錄取了他，否則就沒有日後的杜聰明。而杜聰明也不負期許，入學後除了認真學習，更勤練身體，後來活到九十四歲的高壽。

當杜聰明到京都帝大醫學部留學時，經常在周末搭車前往大阪，去探望已退休的長野校長。「其夜必受先生娘準備的二人御膳，與先生同吃晚飯，及同一蚊帳內過夜，待到禮拜一始回京都。」

杜聰明在《回憶錄》裡，並未提起早年和父母、兄弟及後來和妻子、兒女同睡一蚊帳內的種種，也許此乃天經地義，不必贅述。唯獨對其實大可不必，但卻邀他同睡一蚊帳內的兩位日本恩師和師母多所著墨，正表示他對他們的衷心感念，那不只是「無人種之差異」，更是「如家人一般」。直到八十幾歲想起往事，仍然要說：「這是對筆者實在的好意，筆者衷心永久感謝其愛我之情。」

也因為這種感念，而使杜聰明在當台大醫學院院長後，每次到日本，都會去探望小竹和長野的家人（兩位老師都已過世）。一九六三年，他到奈良市探問七十八高齡的小竹夫人，並到京都問候八十三高齡的長野夫人。長野夫人感激涕零，向杜聰明說：「故舊朋友散亡，還來探望我的唯你一人而已。」

雖然整體上，日本對台灣施行的是殖民統治，但也無須否認當年確實有一些懷抱理想與熱情的日本教育工作者來到台灣，想為這裡的人做點事；就像更早前馬偕等西方傳教士為台灣的付出一般。身為一個人，實在不必拘泥於什麼夷夏之別、反殖民、文化洗腦這些政治用語，而應該看清誰才是真正關愛自己、為自己的人生指引一條明路的人，也許這才是比較聰明的看法吧？

大江健三郎被拷問的靈魂

在人生的旅途，總是會有大大小小的災厄不意從天而降，讓人措手不及。特別是原本應該值得慶賀的喜事突然翻轉成莫大的災厄時，那對心理所產生的衝擊，還有接下來要如何應對，對每一個人都是莫大的考驗，也會是一個很有啟發性的故事。小說家大江健三郎就以他敏銳的心思、細膩的情感和動人的筆觸為我們說出他的故事：

大江健三郎出生在日本四國愛媛縣的偏僻山村，但喜歡閱讀，在考進東京大學法文系後即開始寫作，並成為受矚目的作家。從大學時代起，他的作品即已顯露對弱勢與苦難的特別關注，一再藉社會事件來呈現存在的荒謬與巨大的徒勞，反思什麼才是「靈魂的救贖」，而有存在主義小說家之稱。

大學畢業後不久，他和同學伊丹十三（後為日本知名導演）的妹妹伊丹由佳里結婚。原本懷著無比興奮和期待的心情，準備迎接第一個孩子的出生，想不到妻子生下來的竟然是一個嚴重殘障的嬰兒，後腦部有個肉瘤，就像長了另一個腦袋，屬於嚴重的發育畸形，看起來相當駭人。

醫師告訴他們夫妻，嬰兒必須進行手術治療，但是風險很高，即便手術僥倖成功，也會有智力障礙等後遺症，甚至還有可能成為植物人。在大江健三郎還來不及反應時，他妻子由佳里就堅強地下定決心絕不放棄，請醫師立刻為孩子進行手術。經過多次的腦外科手術，醫師雖然已盡可能地把腦瘤切除，但孩子還是留下了智能與語言發展障礙的問題。

就在這段期間，夫妻倆的內心一定是七上八下、飽受煎熬。大江健三郎曾在不同的文章裡描述他有過的想法和心情。他說在為孩子辦戶籍手續之前，對母親說他想將孩子命名為「烏鴉」（烏鴉在日本是吉祥之鳥，在中國卻被認為會帶來厄運，想以「烏鴉」為名顯然是有特別的意涵），他母親聽了大怒，轉頭就走。第二天，他向母親道歉，說他決定將孩子改命名為「光」。

這個為重度殘障的兒子命名上的轉折，也許反映大江健三郎複雜而矛盾的心情，但也是他從小說家西蒙妮·維伊所寫的世界創生寓言中所得到的靈感：有一隻烏鴉靠啄食落在地上的豆子維生，但是天地一片漆黑，無法看清楚。烏鴉心想：「這世界上如果有光，我覓食起來該有多方便呀！」說時遲那時快，世界在一瞬間便充滿了光亮。維伊因而說：「只要我們真的如此希望、期待和祈願，它們就會實現。」大江健三郎的「烏鴉」與「光」，應該是來自這個寓言給他的感觸，他希望、祈願自己和兒子能像烏鴉般從一片黑暗中看到光，上蒼能為他們帶來吉祥，讓他們獲得光明。

雖然如此期待，但看著稚嫩的兒子一再接受手術，想到兒子和他將來必須面對的苦難與命運，大江健三郎還是滿懷惆悵。當他們所住的廣島舉行反核大遊行時，他也去參加了，一群原爆犧牲者的家屬在會後到河邊追悼死者，為他們放水燈——將死者的名字寫在燈籠上，隨水漂流而去，祈禱他們的靈魂得以安息。大江健三郎心情混亂地悵望河水，竟在一個燈籠上寫下「大江光」，讓它隨水漂流而去，心裡暗暗希望，自己的孩子能就這樣死去，彼此得到解脫。

事後，大江健三郎懷著罪惡感告訴母親這件事，他母親聽了大驚，說：「這不是一個父親應該做的，你得與光共生！」他在愧疚之餘，想起小時候有一次患重感冒，擔心地問母親：「我會死嗎？」母親堅定地說：「不會！我不會放棄你，即使你死了，我也會再把你生出來。」他又問：「那不是成了另一個孩子了嗎？」母親回答：「還是你，我會把你知道的所有事情和讀過的所有書都教給那個孩子。」母親那堅決而單純的心意讓他感到愧疚與感動，也激勵他走出絕望，而決心要讓光活下去，和他一起共生。

在下定決心這樣做後，他寫了一部長篇小說《個人的體驗》，說它是「明顯植根於充滿苦澀的經驗之上的作品」，小說的主角雖是一個外號叫「鳥」的男人，但說的其實是他自己。「鳥」因為愛人生下一個有腦部疾患的新生兒，而陷入驚惶、恐懼、痛苦、掙扎之中，他想要逃避責任、擺脫噩夢，甚至謀劃要將嬰兒置於死地的方法，但罪惡感卻又如影隨形般，讓他彷如跌入精神的煉獄中，飽受靈魂的拷問。但到最後一章，卻忽然產生轉折，「鳥」終於想要「結束一直倉皇奔逃的男人的生活」，而決定把嬰兒送到醫院去接受手術。還好，嬰兒的病情沒有預想中嚴重，將來智商可能很低，但最少能夠開始像一般人般的生活。「鳥」也重新承擔、忍耐命運給他的生活考驗，而失去了「鳥」這個充滿孩子氣的外號。

《個人的體驗》出版後頗受好評，但有些評論者認為對「鳥」最後的心理轉折描寫得過於簡單而突兀，大江健三郎卻認為現實人生（或者存在主義小說）經常就是這樣；他還為此而寫了另外一個私人版的不同結局：深夜，當「鳥」搭計程車來到墮胎醫師的門口後，他體內奔湧著喜悅的熱血，像個正義的劍客去敲擊醫院的大門。來開門的醫師一臉不悅，「鳥」聲音如歌說：「請把孩子還給我吧！因為我想應該帶他去做手術，爭取讓他存活下來。」但醫師卻冷淡地回答：「孩子？這事情已經結束了，正在送往火葬場的路上。您知道，在這個現實的世界裡，很多事情是沒有可能重新來過的。」

這樣的結局比原來公開的版本更具有張力，更「合理」也更具有啟發性，也許還能獲得更多的「肯定」；但卻不是大江健三郎所想要和所體認的人生。他像小說裡的「鳥」，在幾經掙扎後，突然勇敢而欣喜地承擔起做為一個父親應有的責任。要照顧這樣的一個孩子，需要比一般父母付出更多的心血，但大江健三郎已無怨無悔。

他後來說，自己的一生有三分之一的時間用來閱讀，三分之一的時間用來寫作，還有三分之一的時間則給了兒子。他說自己對待光的方式，就跟他對待小說一樣——每篇小說都要不厭其煩地修改多次，「因為未修改好的稿子，就不是我的作品。如果我不對光負責，那麼光就不是我的兒子，在這個世上，我首先得是一個負責任的父親，然後才是一個作家。」

在照顧兒子光的過程中，他注意到兒子雖形同癡呆，但對聲音卻非常敏感，於是他先讓兒子聽自己剪輯的野鳥叫聲錄音帶，然後聽貝多芬、巴赫和莫札特的音樂，他們夫妻每天陪伴兒子，在傾聽音樂中產生溫馨的交流。在他和妻子的愛與呵護下，幾乎沒有什麼語言表達能力的光開始慢慢譜寫一小段、一小段曲子，而且完全是原創的，然後在二十歲那年，出版了首張創作曲專輯，獲得空前成功，引起樂壇震撼，被譽為「日本古典樂壇的奇葩」。

辛勤的付出讓光有了獨特的人生，大江健三郎也獲得了回報。在從天而降的災厄對他靈魂的拷問中，他的作品對人生和苦難有了更深刻的洞察與同情。原本患有憂鬱症，每兩三年就要發作一次，而必須靠大量威士忌來麻醉自己才能入睡的他，藉由反覆聆聽兒子大江光的CD，竟讓他重獲心靈的安寧，而成功地克服了憂鬱症。一九九四年，大江健三郎「以詩的創造力，把現實和神話做了密切結合，表現了想像的世界，並對人間樣態作了衝擊性的描述。」而榮獲諾貝爾文學獎。他帶著兒子到瑞典參加授獎儀式，一家報紙在他們的照片下方寫著：「大江健三郎和他的天才兒子」，讓他覺得跟獲得諾貝爾獎一樣光榮與高興。

大江健三郎曾經語帶調侃地說：「據說我兒子的音樂所以受到歡迎，是因為有催眠曲的效果，如果有人聽了大江光的音樂還睡不著，就請看我的書吧！」大江光的音樂以寧靜撫慰心靈，而大江健三郎的小說則以晦澀讓人心迷離，成了另一種催眠曲。

人生總會有各種災厄不意從天而降，當我讀到大江健三郎在一盞水燈上寫下兒子的名字，希望他就此隨水漂流而去時，我想到了先知魯米所說的一句話：「在你出生那一天，有道梯子早已架好，準備隨時幫你逃離這個世界。」如果自己沒有辦法逃離災厄，那就希望它能自行離去而擺脫，這原也是人之常情。但在看了大江健三郎因靈魂的不斷拷問，而淚中帶笑地面對災厄，承擔起他做為一個父親乃至一個人的責任時，我想到的是上帝子民雅各在夢中所看到的通往雲深不知處的那架天梯，你爬上它，你的靈魂就能獲得提升，然後進抵宛如天堂般的國度。

大江健三郎說的雖然只是他個人的故事，但其實也是我們每個人都會有的故事，因為就像他所說：「即使是在個人的體驗裡面，只要一個人漸漸深入那體驗的洞穴，最終也一定會走到看得到人類普遍真實的近路上。」

孤獨的先行者：懷念李哲洋

十一月廿八日，我和妻子到台北藝術大學參加「聽見台灣土地的聲音：李哲洋逝世三十周年紀念活動」，與李哲洋的遺孀林絲緞、妹婿雷驤、影評人高肖梅、畫家蘇國慶等舊識重聚一堂，在各種聲音和影像中緬懷李哲洋，一顆心也跟著飄回到四十年前的永和。

那時我們剛結婚不久，住在永和。李哲洋夫婦也住永和，我妻子過去即因採訪而和林絲緞結緣，我們經常在吃完晚飯後，就散步到他們家（有時還會帶著一瓶酒）。他們家彷彿就是一個文藝沙龍，經常高朋滿座，記得就曾在這裡遇見戴洪軒、七等生、高肖梅、李元貞等藝文界人士，大家邊喝酒邊聊天，雖然大部分時間我都只是個聽眾，但我很喜歡這樣的聚會，因為在這裡我發現很多與我相類的意識體，讓離開醫學的我能在另一個同溫層裡取暖；而對尚屬年輕的我來說，也在這裡得到不少藝術薰陶和啟迪。

李哲洋大我十六歲，是個開朗而熱情的人。認識一段時間後，我才慢慢了解他的身世頗為坎坷：在就讀台北師專音樂科一年級時，他父親因「知匪不報」的罪名被處決，不久，他也因在周記上批評學校伙食而遭退學，此後即斷了求學之路，三十四歲時獲得日本一所音樂學院的入學許可，想出國留學，但也因「匪諜家屬」而被「免議」。

愛好音樂的他，在音樂及其他領域的知識和造詣幾乎全靠自學，在入伍服役期間，以同等學力的資格考取初中音樂教師資格，退伍後擔任音樂教師，不久又隨史惟亮赴山地鄉採集民歌，後來因理念不合而分道揚鑣，他除了繼續山地民歌採集，又開始受託進行台灣童謠的採集，在台灣民間音樂的採集方面，做了很多先行者的工作。

一九七一年，他又和雷驤等創辦《全音音樂文摘》，由精通日文的他擔任主編，有系統地譯介音樂相關文章，直到一九九〇年他罹癌遵照醫囑才停刊，是當時台灣最主要的音樂雜誌之一。除了雜誌，他還擔任《最新名曲解說全集》（共十七冊）的主編；更進行台灣音樂史和台灣音樂辭典的編寫（可惜因故未能完成）。

李哲洋是一個充滿活力的人，他對我最大的影響是激勵了我創辦《心靈》雜誌。《全音音樂文摘》和我當時擔任主編的《健康世界》在同一個製版廠，我們偶而會在製版廠碰面，《全音音樂文摘》雖由大陸書店出資，也有一個小助理，但主要工作（包括文章）幾乎都由李哲洋一手完成，對音樂的熱愛使他甘於這樣付出。既然我也對人類心靈的諸般問題有興趣，也懂得編務，那為什麼不也來辦一本雜誌，自寫自編，每個月和讀者分享這方面的知識呢？

《心靈》雜誌的篇幅比《全音音樂文摘》小，只有四十八頁，但完全自費經營，每期十篇文章都由我以各種筆名改寫自英文資料，再加上一些個人看法；從編排、送印到郵寄給訂戶也都不假外人（妻子是我唯一的幫手）。直到報禁解除，我改到各報章雜誌寫專欄才停刊，共發行七十六期，訂戶近兩千名。它對社會的影響力也許很小，但我卻受益良多，在消化、融會跟心靈相關的各種資料並發而為文的過程中，我個人增長了不少見識。沒有李哲洋和《全音音樂文摘》，可能就不會有《心靈》

雜誌。

李哲洋在五十七歲時因淋巴性胃癌離世。讓我頗為遺憾的是在更早之前，林絲緞曾打電話說哲洋最近常覺肚子很脹，問我是什麼原因？我說最常見的是脹氣，告訴她消除脹氣的一些方法，也提醒她若沒改善就要去就醫。當時沒想到腹腔的癌瘤產生腹水，也會讓病人覺得肚子很脹。雖然是事後諸葛，但想來還是覺得遺憾。他住院後，我和妻子到醫院探望，已經確診的他依然談笑風生，反而是他在向我們噓寒問暖，真是讓人感慨。

他過世後，林絲緞將他遺留下來的音樂史料，包括採集民間音樂（特別是賽夏族）的錄音、錄影、照片、底片、曲譜、訪談文稿、研究初稿、文獻、書信等整整七十大箱，捐給台北藝術大學的傳統藝術中心，希望能再進一步的整理後，供相關的專業人士參考、研究。但進展似乎有限，直到去年底承包學校工程的廠方因施工不當，導致李哲洋捐贈的部分文物受損及泡水，大家才驚覺不妥善保存並加速整理這些珍貴的資料，不僅是台灣音樂界的損失，也會辜負李哲洋的苦心和家屬的好意，因而有了這次「聽見台灣土地的聲音：李哲洋逝世三十周年紀念活動」。

活動當天上午有一場別具意義的紀念音樂會：由北藝大音樂系室內樂團演奏已故作曲家高約拿交響詩《夏天鄉村的黃昏》的世界首演。高約拿是繼江文也之後，率先以西方手法譜寫交響樂的台灣作曲家（北一女早年的校歌也是由他作曲），但英年（三十二歲）早逝，知道他的人不多，留下的資料更少，這首《夏天鄉村的黃昏》的樂譜是他外甥女李婧慧教授（北藝大傳音系）彷如「上帝的恩典」般，在李哲洋收藏的一大堆文物中找到的，經過樂譜重建，今天的我們才有幸得以聆賞。

在李哲洋留下的大量文物中，一定還有不少諸如此類的珍貴資料，特別是影音素材，若不及早將它們數位化，很可能會愈來愈失去效能。但工作顯然也非常艱鉅，期待台灣社會的有心和有力人士能襄贊北藝大，早日完成大家共同的夢想，讓李哲洋的收藏加速整理後，能有一個永久性的保存、展示空間及借用辦法，遺愛人間，讓更多人和整個社會都受益。

一天的紀念活動結束，送高肖梅回新店後，走秀朗橋經過永和，彷彿又回到四十年前，我和妻子散步到他們家，正騎上摩托車的李哲洋和我們打招呼，說他有事要先離開。目送他離去的背影，我忽然覺得他很孤獨，不是說他無人陪伴，除了妻子兒女，他更有一大堆朋友；而是在坎坷的身世和獨特的際遇中，他踽踽獨行，做了很多別人不想做、不願做、不屑做、不敢做、不能做的事。他的內心世界讓人感到好奇，卻無由了解。在他的心靈深處似乎有間密室，別人無法開啟，只能從遠方瞥見；三十年前，他打開那間密室的門，朝我們揮揮手，然後將門關上……。這就是我感覺到的他的孤獨。

輯四

紅塵拾花

生命意義，自己說的算

在台中一中讀書時，禮堂後面的牆上有一幅對聯：「生命的意義在創造宇宙繼起的生命。生活的目的在增進人類全體的生活。」初一時懵懂無知，看了也不知它在說啥。後來，慢慢覺得它好像是含藏什麼智慧的格言。又後來，曉得它似乎是某人所說，就轉而覺得它沒啥意思。如是看了六年，看著看著，慢慢就變得無感了。

再度想起它，是在接觸社會生物學的時候。社會生物學之父威爾森（Edward O. Wilson）說：「一個生物體乃是以其DNA的方式去製造更多的DNA。」更多的DNA，不就是宇宙繼起的生命嗎？把這個視為生命的意義，格調果然不高。而且，如果有人不想生兒育女，那生命豈非沒有意義？果然是霸道人的說法。生命的可怕，在於恣意地規定別人生命的意義。

又後來，讀到英國作家布特勒（S. Butler）說：「一隻母雞是一顆雞蛋製造更多雞蛋的工具。」覺得它詼諧而有創意，但細思，它豈非就是前面社會生物學說法的的文學潤飾？於是，我給它進一步的潤飾、延展：「一個藝術家是一種藝術形式去創造更多藝術形式的載體。」「一個科學家是一則科學定律去發現更多科學定律的工具。」

這也是我對生命神祕而謙卑的理解。人類文明不管是藝術或科學，也有它們各自的DNA，渴望繁衍、交換和突變的人類文明DNA，在召喚每個人，去創造、開拓更璀璨的人類文明。於是，我把以前台中一中禮堂那副對聯改成我喜歡的形式：「生命的意義在創造更多生命的意義。生活的目的在開拓更多生活的目的。」

如果生命有意義，那也不是來自他人的規定或指派，而應由個人去開創。每個生命都可以有它獨特的意義，我們無須否定它。即使不理想，要改也應該由個人自行去潤飾、延展，讓它變得更好。

弗蘭克（V. Frankl）是結合精神分析和存在主義的的一位心理治療學家，我年輕時候，很喜歡他提到上初中時的一段往事：有一天，教科學的老師在課堂上口沫橫飛地向學生們解釋，生命分析到最後，「只是一種燃燒，一種氧化的過程。」十二歲的弗蘭克站起來，問：「弗利茲博士，如果你說的是真的，那生命有什麼意義呢？」一下子就把老師問得瞠目結舌。

當時覺得弗蘭克真是早慧，也難怪他後來能開創獨樹一幟、很有哲學意味的「意義治療法」。燃燒？氧化？用科學術語來解釋生命意義，簡直就是要把人看成二氧化硫或三氯氰胺，所以，算了吧！科學！我要到別的地方去尋找更深奧的生命意義。

但後來，也許是我無能找到什麼深奧的生命意義，又對科學有了較深的了解後，我開始覺得弗蘭克那位科學老師說的其實也沒錯，「氧化」或「燃燒」可以是個比喻，生命的意義就在於為自己的生命能量和熱情找到投注的對象，為它們而燃燒，因它們而氧化。

在剛上大學的頭幾年，我最喜歡問「我生命的意義何在？」「我生活的目的是什麼？」看似充滿了文藝青年的哲學味，但百般追問，始終找不到明確的答案。後來才了解，在那一段時間，我離開父母家庭，自己一個人租房子住，對所學的醫學逐漸失去興趣，很少去上課，除了讀些文史哲的翻譯書、偶而寫一兩篇文章外，也跟周遭世界缺乏聯繫，幾乎從不看報紙，換句話說，我當時的生命能量缺乏可以投注、並能為之熱情燃燒的對象。

但後來，我加入大學新聞社，每個禮拜都要寫專欄、參加主筆會議，並為退出聯合國、中日斷交、中美斷交、中央民意代表全面改選而參加示威、座談、筆戰，就在變得比較忙碌，生命能量有了投注、燃燒的對象後，我也就比較少再去問「我活著到底是為了什麼」這類的問題。

在我結婚生子、成家立業、將父母接來同住後，除了在普及醫學知識的《健康世界》雜誌工作外，並和妻子創辦了野鵝出版社、心靈雜誌社，與讀者分享我對生命諸般問題的看法，假日則和家人到山上烤肉、河裡捉蝦，忙得不可開交也不亦樂乎，幾乎忘了有「生命意義」這回事。

在多年後，又想起「我生命的意義何在？」這個問題時，總算對它有了較清楚的看法：我生命的意義就是在對我生命的能量找到可以投注的對象，而對象又可分為人、事、理想三大類，一、「有人可以愛」：我愛我的父母、妻子、兒女，他們都在我身邊；二、「有事可以做」：我辦雜誌、寫文章、與家人出遊；三、「有理想可以追尋」：我希望我的工作能對增進大家的身心健康與幸福有所貢獻。

這三個「有」一點也不深奧，甚至可以說十分平常、還有點庸俗，跟我年輕時候在追問「生命意義」時的臆想似乎有著雲泥之別。但我並不認為這是因為我日漸庸俗的關係，反而是我過去太好高騖遠了，我渴望我的生命能有深奧、高超的意義，而且覺得必須先搞懂這點，綱舉目張後，再邁出生命的步伐才有意義。

但這其實只是在「務虛」。哲學家黑格爾夠深奧、夠高超了吧？年輕時候讀他的哲學，雖感深奧難懂，卻心嚮往之。後來對他實際的生活有了認識，發現他在四十一歲時，在給友人的一封私信裡說：「我終於達成了我在這個塵世的目的。因為人活在世上，只要有了職業和妻子，就萬事皆足了。這兩件事是我們做人應有的主要目標，其餘不過是枝節罷了。」（在寫這封信前不久，黑格爾剛和一位議員的女兒結婚，而且擔任一所學校的校長），這跟他的哲學論述顯得很不搭，但「有了職業和妻子」，豈不是我在前面說的「有人可以愛，有事可以做」？（他對哲學的探討，則屬「有理想可以追尋」）

所以，會追問「生命的意義何在？」覺得它深奧難解，很可能是因為你沒有人可以愛、沒有事可以做、沒有理想可以追尋，生命的能量和熱情還找不到可以投注、為之燃燒的對象。至於你要愛什麼人、做什麼事、追尋什麼理想，那是你個人的事，因為生命是你的，你自己說了算，也才有意義。

活在當下，觸目即是菩提

現在很多人把「活在當下」當作他們人生的座右銘，但這句話其實有語病，因為我們每個人本來就活在當下，而且只能活在當下。過去已成泡影，未來仍屬虛構，只有當下（現在）才是唯一存在，也是我們唯一能運用的時間。若不是活在當下，還能活在何時？

當然，大家抱怨的應該是身體雖然在這裡，但卻「心不在焉」，整個心思都「神遊」到別的地方去了。也就是魂不守舍、身心脫節，在當下活得不夠完整、專注、徹底。

禪宗裡有個故事：某和尚去參見慧海禪師，問：「和尚修道，要怎麼個用功法？」慧海答：「餓了就吃飯，睏了就睡覺。」和尚不解，再問：「每個人也都是餓了就吃、睏了就睡，這也是在用功修行嗎？」慧海說：「平常人是吃飯的時候不肯專心吃飯，心裡有百種思索；睡覺的時候也不肯專心睡覺，心裡有著千般計較。」

活在當下的重點是專心，心無旁騖。專心吃飯睡覺看起來容易，其實很難做到，調查顯示，多數人有將近一半的時間都沒有專注在手頭的事情上，而是心不在焉。「一個喜愛遊蕩的心是一顆不快樂的心」，因為人們在胡思亂想時，想的通常是讓自己擔憂、焦慮或後悔的事情。這些負面的思緒又反過來干擾我們當下正在從事的活動，而無法盡情享受或有較好的表現。

活在當下的最高境界是「神馳」，也就是渾然忘我（包括周遭的一切）。指揮家伯恩斯坦（L. Bernstein）對此有很傳神的描述：「在我認為精采的演奏結束後，通常要經過好幾分鐘，我才會意識到自己身在何處——在哪個音樂廳、哪個國家——或者，『我究竟是誰』。然後，突然間，我注意到有鼓掌聲，我曉得我應該轉身鞠躬。這很難，可是感覺很棒。這時候真的是『得意忘形』，『你』並不存在。這就跟你在作曲時，靈感奔湧而出的入迷經驗完全一樣。你忘了時間，也渾然無覺於周遭的情景。」

很多偉大的藝術家和創造者都有過這種渾然忘我的神馳經驗，其實，多數人在看書、遊戲或工作入迷時，也都有過類似的美妙經驗，那是最讓人神往、想再度投入、再度體驗的活在當下。問題是真正能讓我們著迷的活動或時間並不多，那要如何在平常時候都能活在當下呢？我覺得可以從觀念和方法兩個不同的層面來著手。

先談觀念：

托斯卡尼尼（A. Toscanini）也是舉世聞名的指揮家，在八十歲時，他兒子問他：「您做過最重要的事是什麼？」托斯卡尼尼回答：「我現在正在做的事，就是我一生中最重大的事，不管是在指揮一個交響樂團，或是在剝一個橘子。」

托斯卡尼尼想必也有過如伯恩斯坦般渾然忘我的神馳經驗，但不可能天天如此、時時刻刻如此。要想活在當下而且活得愉快、多樣而又充實，就要先打破對事物的差別觀。不管我當下在做什麼，是大事還是小事，都把它當作唯一的真實、唯一重要的事，心無旁騖地去體驗、享受、完成它。

露絲·庫克是一位九十九歲的人瑞，有個來做人物專訪的記者問她：「聽說快樂是長壽的祕訣，在生活中，什麼事能讓您感到快樂？」露絲笑著回答：「現在和你談話，就讓我快樂。我對當下正在發生的事都感到快樂。」

除了事情，我們還需要打破對時間和人的差別觀。不管我在什麼時間、遇到什麼人、和他們做了什麼事，都要好好把握，把它們當作最珍貴、最讓人快樂的經驗來品嘗。其實，這也是古人所說的「做好手中事，珍惜眼前人」。這樣的活在當下，自然能讓我有更多彩而快樂的人生。

愛迪生六十七歲時，他辛苦建立起來的發明工廠發生火警，在接到兒子電話後趕到現場，靜靜看著消防隊在熊熊烈焰中滅火，但效果似乎有限。兒子看著滿頭白髮的父親，正為他所受的打擊感到心痛和絕望時，想不到愛迪生竟對他大叫說：「查理斯，你母親在哪兒？叫她和朋友趕快過來，再也沒有機會看到這樣的大火了！」（當然，第二天愛迪生就又到工廠廢墟重新整理。）

人生本就有各種酸甜苦辣，但並非一刀切的黑白分明，不管多苦多悲，其中總也有值得珍惜、讓我們驚奇的美好剎那，活在當下就是要懂得苦中作樂、及時行樂。佛教有「觸目菩提」的說法，菩提意指智慧，所謂「觸目菩提」就是在我當下眼光所及的人、事、景、物，都具有能增進我人生智慧的意涵，它們有賴我用心去體驗、領悟。

要想活在當下，除了改變觀念外，還需要有能阻斷神遊、減少心不在焉的方法，這就有賴平日的修鍊。在降低外在干擾方面，我個人的經驗是到幾乎客滿而又人聲吵雜的 IKEA 餐廳，打開筆電寫文章；或是在擁擠的捷運車廂內，專心閱讀手機網路裡的一篇文章；一再的練習，慢慢就能將外在刺激排除於心意之外。

在降低內在干擾（胡思亂想）方面，我最常做的練習是睡覺前躺在床上，先讓呼吸平順下來，然後將心念集中在一呼一吸的動作上，或是在心中默數數目字，一發現神遊至他處，立刻拉回來，重新數過；如此反覆練習，能不中斷地數到三五百，就應該算不錯了。其實，這些阻斷神遊的練習是隨時隨地都可以做的，關鍵就在於你看重的是自己，還是阿貓阿狗。

當然，活在當下並不是要人完全忘記過去、無視未來。而是在無數的當下中，有些是專門用來緬懷過去或策劃未來的。當我在緬懷過去時，就專心緬懷過去；在策劃未來時，就好好策劃未來；不要想到現在，更不要半途而廢。

如果能專心於每個當下，每個當下就會顯得完整、清晰、單純、獨特，每一個剎那都將化為永恆；而由無數個當下串連起來的人生，除了完整、清晰、單純、獨特、永恆外，更會顯得多采多姿。

那些大聲說出自己夢想的人

每個人都有夢想，但多數人只是把它藏在心裡，沒有或不敢說出口，因為怕被人恥笑。結果，那個夢想很可能就被愈擠愈遠，而終至被擠出心外，隨風飄散。這時，有人終於開口說：「我，其實沒有過什麼夢想。」

以前，我到各國中對學生演講「流光飛舞，少年尋夢」時，都會舉一些名人在青少年時代的經歷給學生做參考。知名的靈長類動物學家和保育人士珍．古德（Jane Goodall）就是我喜歡舉的一個例子：

珍．古德從小就是個活潑開朗的英國女孩，十歲時，祖母將莊園裡的一棵大山毛櫸樹送給她當生日禮物，此後，她就經常爬到三十呎高的樹上做功課，做完功課就在樹上閱讀泰山的故事。她非常崇拜泰山，可以說瘋狂地愛上這位叢林之王，還對泰山身邊跟她同名（珍）的女友產生莫名的妒意。她每每在讀完故事後，就會闔上書本，遙望著遠方，夢想有一天能到非洲去。

這個少女時代的夢想跟她後來到非洲坦桑尼亞去研究黑猩猩顯然有密切的關係。但有夢想不一定就能實現，事實上，珍．古德在高中畢業後，是到一家公司擔任秘書的工作，離非洲何止十萬八千里？但有一天，她忽然接到一位高中同學的來信，同學在信中告訴她：「妳不是夢想要到非洲來嗎？我現在就在非洲，因為我爸爸在肯亞買了一個大農場。妳要不要來？」（大意）

珍．古德興奮莫名，於是在安排妥當後，就前往肯亞找同學，她先參加人類學家李基的挖掘化石工作，後來更接受他的一項研究計畫，單獨到坦桑尼亞的貢貝河自然保護區去研究黑猩猩，成了名符其實的女泰山。但那位高中同學為什會寫信給珍．古德？為什麼知道她「夢想去非洲」？因為她在學生時代就說出了她的夢想，同學都知道她有這個夢想。我覺得這才是讓珍．古德能改變人生，並得以實現夢想的關鍵所在。

有一次，我到台南歸仁國中演講，在說完珍．古德的故事後，對同學們說：「所以，大家要勇敢、大聲說出你有什麼夢想，不要怕人家知道；要讓你的父母、親戚、老師、同學、鄰居都知道你有什麼夢想，有一天，當機會來臨時，他們就會想到你，而幫助你實現你的夢想。」

在演講完畢，校長做總結時，特別徵求三位同學到前面來，在大家面前說出自己的夢想。結果一下子跑出十幾個，在禮堂裡大聲說出他們的夢想是要當獸醫、廚師、警察、插畫家、美容師……。每一個說完，全場的同學們都報以瘋狂的鼓掌聲，場面熱烈而感人。這是我演講生涯中難得的一次經驗，我衷心祝福這些在眾人面前大聲說出自己夢想的同學。

多數人都不願意向他人透露自己的夢想，也許是擔心對方在知道後會認為自己太好高騖遠、太不自量力，特別是將來若沒有實現，反而招來大家恥笑。但這其實是多慮，我倒是覺得不想讓人知道我有什麼夢想，最主要的原因是自己隨時可以放棄。

一般說來，要實現夢想，單靠自己的力量是非常辛苦的，如有人能助我一臂之力，那就會輕鬆許多。但別人的助力也不限於提供你不知道的訊息或機會而已，應該還有更積極的方式。

十九世紀末，美國有位弗蘭克．岡索勒斯牧師（Frank. W. Gunsaulus），他在念大學時，因為深感當時的教育存在很多弊病，而夢想將來要辦一所自己心目中的理想大學：如果能由他來當校長，那他就要如何來經營這所大學。但辦一所大學，在當時至少需要一百萬美元，談何容易？他只是一個兩袖清風的牧師，所以這個偉大抱負一直處於空想狀態。

有一天，他忽然福至心靈：「何不公開販售自己的夢想？」於是他和報社聯絡，說他要做一次講道，題目是「如果我有一百萬，我會做什麼？」他要做的當然是對聽眾娓娓訴說他有了一百萬後，要如何實現他的夢想（辦一所理想的大學），就好像在對上帝傾訴他個人的願望一般。演講完畢，有一位聽眾主動上前來，自我介紹說他名叫飛利浦．亞默（Philip D. Armour），很受岡索勒斯的夢想感動，也很有興趣，請牧師明天到他的辦公室詳談。

岡索勒斯就因此而實現了他的夢想。他用亞默捐獻出來的錢創辦了亞默理工學院，自己擔任首任校長，將他多年的夢想付諸實現。亞默理工學院也就是現在伊利諾理工學院的前身。

想實現夢想，需要有一些主客觀條件，除了個人的能力外，可能也需要足夠的資金。但資金不見得全靠自己籌措，亞默可以說是提供資金，幫助岡索勒斯實現其夢想的貴人；但你要遇到貴人並讓他出手協助，你就要先讓他覺得你的夢想能吸引人，最好還要有周密的規劃及實現的可能。而這些的前提都是你必須先大聲說出你的夢想，向有力人士熱心推銷你的計劃，讓對方認為值得投資在你身上。

人生有夢最美，但大多數人抱怨，自己的夢想總是被無情的現實所摧毀。其實，要實現夢想，並非要全靠自己，有時候，別人的幫助反而更實際、也更具關鍵性。

我年輕時候有過一些夢想，除了當作家外，也想成立一個出版社，出自己喜歡的書；辦一本雜誌，登自己喜歡的文章；開一家咖啡館，招待朋友來聊天，請自己心儀的人來辦講座。

前三個夢想可以說大致實現了，但出版社只出版自己寫的書，雜誌社只刊載自己寫的文章，說我孤僻或孤芳自賞都可以，其實最主要原因是我不喜歡向人家開口。這對我熟悉的寫作和出版，勉強還可以應付；但對我相當陌生的咖啡館行業，因為不想向別人開口求助，所以到最後只能化為一縷輕煙。
現在才向大家說出，我有過想開一家文藝咖啡館的夢想，恐怕也已經太遲了吧？

誰是有史以來最偉大的將軍？

有一次，我到某地演講，題目是「談天賦與生命的追尋」，我以我喜歡的一則寓言來做為開場：

有一個歷史學家死後到了天堂，遇到聖彼得。他知道聖彼得無所不知，於是請教說：「彼得大聖人，我研究軍事史多年，心中一直有個疑問，您能否告訴我誰是有史以來最偉大的將軍？」

聖彼得看看四周，然後指著某人，說：「就是他，他就是有史以來最偉大的將軍。」歷史學家一瞧後，苦笑說：「我認識那個人，但他在世時只是一個普通的工人呀！」聖彼得回答：「沒錯。但如果他去從軍的話，他就會成為世界上最偉大的將軍。」

聖彼得的意思是那個工人有成為「世界上最偉大將軍」的天賦，但很可惜他走錯了路，白白糟蹋了他的天賦。這也讓我想起莎士比亞說的一句話：「我們知道我們『是』什麼，但卻不知道我們『可以成為』什麼。」

要談生命追尋，最好先了解自己有什麼潛能，理論上，我們每個人都有很多潛能，每種潛能也都沒有得到完全的發揮。而天賦則專指自己優於他人的特殊潛能或稟賦，如果能先知道自己有什麼特殊潛能或天賦，而朝那個方向去從事生命追尋，那不僅如魚得水，而且很可能就會有比別人更好的成就。但一個人有什麼稟賦，不能等上帝或聖彼得給答案，而必須靠自己去尋找、發現。

我讀小學時，姊姊從她上班的書局帶回《薛仁貴征東》、《北宋楊家將》、《七俠五義》、《包公案》等章回小說，我經常看得廢寢忘食。剛上初中時，一位親戚送我一本《唐詩三百首》，有一段時間，我每天早上五點起床第一件事就是背《唐詩三百首》，一首一首背，到現在還能背一些。

這就是一般所說的「興趣」。但我這種對文學（中國古典文學）的自發性喜愛，不必老師或父母督促，自己就會主動去親近它們，表示對它們有特別的感受力，它其實也可以說是我在這方面有跟別人不一樣的潛能或稟賦。

本田汽車的創辦人本田宗一郎說他讀小學時，第一次看到汽車時，汽車砰砰作響的引擎聲讓他深受「感動」，排放出來的汽油味更令他「陶醉」。當時他就發現了他終生最大的興趣，並決定將來要做跟汽車有關的工作。他能對引擎聲「感動」、對汽油味「陶醉」，正代表他在這方面有異於常人的特殊稟賦。

一個人最好能夠在年輕時代就多方嘗試、碰撞，去發現自己有什麼潛能或稟賦。但即使找到了，潛能也不是我們放在口袋裡，想用就可以隨時拿出來用的某種「東西」，它是潛在、隱而不顯的某種能力，必須經由某些特殊的途徑才能將它們「召喚」出來。

我對文學和寫作有興趣，可能也有些潛能，但在上大學前，我從未主動寫過什麼東西。上大學後開始寫作，最初也是零零星星，直到大四擔任台大校刊大學新聞主筆和總編輯，每個禮拜要寫一篇專欄，特別是到印刷廠排版時，發現稿子無法填滿版面，總編輯必須當場寫出幾百字；後來又當總主筆和社長，也常常跟其他刊物打筆戰，這些都提供我很好的磨練機會，召喚出我更多的寫作潛能，也為我畢業後到報紙寫專欄、辦雜誌、出書打下基礎，讓我在這方面的潛能得到更大的發揮。

在一九九六年的亞特蘭大奧運裡，贏得女子五千米長跑金牌的王軍霞，有「東方神鹿」的美譽。她說：「我向來就是一個比賽類型的運動員，人愈多，氣氛愈熱烈，我就愈興奮，也就愈能賽出好成績。」

王軍霞的這個心得或感言，正是心理學裡所說的「社會激勵作用」。不只運動，其他技能也都有這種現象：很多人都是在參加比賽、與他人競爭時，激發他想要勝出的渴望，增加他的神經能量，結果就能發揮更多的潛能，而有最亮麗的表現。

潛能不僅需要召喚，更需要激勵。但受召喚、被激勵出來的並不見得都是好的潛能。在學生時代，有一段時間我相當犬儒，曾經和朋友們自我嘲弄地說：「我們不是淑女，我們不能在沒有接受嚴厲的考驗之前，就以為自己是純潔的。為什麼我們不能自己設計人生的煉獄，然後像實驗的白老鼠般自己光榮地跑進去，看看會有什麼結果發生？」

我和這些朋友在很多被我們稱為「煉獄」的地方，讓靈魂接受考驗，結果讓我看到的是自己心靈的幽暗和墮落的潛能。還好，我全身而退，也決定不再發揮這方面的潛能。

畢卡索說：「小時候，我母親就對我說：『如果你是軍人，你就會當將軍；如果你是修士，你就會當教皇。』不過，後來我當了畫家，最後成為畢卡索。」如果畢卡索的母親真的說過這些話，那也不為過；因為在每個母親的心目中，自己的孩子都是「寶」，具有各種潛能，將來不管做什麼，都可以有傑出的表現。

人的確具有各方面的潛能，好的壞的都有；但最好能有所選擇，而且即使選擇好的潛能，也不見得都能有比別人傑出的表現。為解放南非黑人而奮鬥，最後也如願以償，成為南非總統的曼德拉（N. Mandela），在年逾八旬後，被問到一生有什麼遺憾時，他說他年輕時候很喜歡拳擊，還參加過比賽，技壓群雄，「我非常遺憾我沒能成為一個世界級拳王。」

雖然是在自我調侃，但意思跟前面聖彼得所說的差不多：曼德拉如果不是走上政治這條路，而繼續打喜歡的拳擊，那他很可能就會成為有史以來最偉大的拳王。不過，因為有自覺更重要的事要做，更有意義的潛能要發揮，而使他放棄了那方面的天賦。

曼德拉的感言比畢卡索的說法更有意思，也更值得深思。

有人爬了千座小山，有人走完長城

中年以後，經常在清晨和妻子去爬山，但爬的都只是附近的小山，來回不到一小時，而且爬的幾乎都是同一座山，實在沒啥創意。倒是有個朋友，除了清晨，大部分的假日也都去爬山，一爬（走）就是好幾個小時；還經常請假去爬大山，早已完成「百岳」的壯舉，但還樂此不疲。他說自己大略算了一下，六十年的人生當中，居然有五、六年（兩千個日子）都是在爬山。

有一次，我笑著對他說；「如果把你爬山走過的路累積起來，不間斷地往前延伸，那恐怕能從地球走到月球吧？」雖是玩笑話，但這裡面卻隱藏著零星與整體、一與多之間有趣的辯證關係。

在大陸河北的秦皇島，有一位在電業局上班的普通電工董耀會，很喜歡爬山與攀岩的戶外活動，利用工作之餘，幾乎爬遍了秦皇島附近所有的大小山。在二十八歲那年，他看到有外國人想要徒步走完長城的報導，覺得「這件事怎麼可以由一個外國人去完成？」因而靈機一動，產生一個偉大的夢想：「我要成為徒步走完長城的第一人！」

為了實現夢想，他開始和好友吳德玉經常到附近的角山長城，在溝坎間爬上爬下，鍛鍊體力；同時也去閱讀跟長城相關的文獻資料，做好準備。但長城綿延數千公里，要從頭走到尾可不是三兩天的休閒娛樂，所以他又毅然做了一個破釜沉舟的決定：辭去工作。而在一九八四年五月四日這一天，辭別老母與妻兒，和吳德玉從長城最東端山海關老龍頭的關口起步，踏上征途。

他們沿著明長城爬上爬下，持續往前行，沿途經過九個省、市、自治區的一百多市縣，穿越高山、深谷、丘陵、河流、荒原、沙漠，經歷一年四季的酷暑寒冬、日曬雨淋，嘗遍千辛萬苦，前後共花了五百零八天，走了一百零四萬華里，終於抵達甘肅的嘉峪關，成為歷史上在長城留下完整足跡的第一組人。

在完成此一史無前例的壯舉，成為媒體矚目的風雲人物後，董耀會更花一年的時間將他沿途實際的考察、見聞、訪談等寫成一本二十八萬字的專著《明長城考實》，被譽為「用腳走出來的歷史著作」。後來更到北京大學師從著名歷史地理學家侯仁之進行學習和研究，成為中國社會科學院特邀研究員、北京大學的客座研究員；參與並創辦了「中國長城學會」，歷任秘書長、副會長要職。美國總統克林頓和布希訪華期間，他都作為國家指定專家陪同參觀長城。

董耀會之所以能夠從一個尋常的電工搖身變成炙手可熱的風雲人物、專家學者，關鍵就在於他能「化零為整」，將每天零星的爬山時間集中成一個完整的時段（五〇八天），去做唯一的一件事——爬長城。這讓人想起「整體大於部分之總和」這個古老的概念：每天花一個小時去爬山，十四年共花了五〇八〇個小時，爬過千座小山，但很可能還是個電工；而改用五〇八天、每天花十個小時一氣呵成地去爬長城，不僅結果不一樣，人生也跟著完全改變了。

有人也許會說，要花那麼長的時間去爬長城，除了體力外，更重要的是必須辭去賴以謀生的工作，這會讓多數人感到為難；它的確是個問題，但想要有不一樣的人生，就要有與眾不同的眼光和決心。其實，要如何「化零為整」、「匯多為一」，還有其他方式。

大陸另有一位九〇後的年輕人楊東，大學讀的是會計，在學生時代（二〇一三年）開始對攝影產生興趣，先是用手機隨意拍照，後來有了單眼相機，利用閒暇到各地去拍自然風光。二〇一五年更到北京電影學校學習攝影技巧，當年就以一張金山嶺長城的作品獲獎，這個肯定給他很大的鼓勵，也激起了他「專攻長城攝影，要將長城之美呈現在世人眼前」的夢想。

於是從那天起，在接下來的五年間，他先後前往長城兩百多次，共拍了三十多萬張長城照片，足跡遍布長城沿線各地，一年大概有三分之一的時間「不是在長城，就是在往返長城的路上」。為了拍攝一年四季、不同時辰、各種天候下的長城風貌，楊東通常是一個人背負攝影器材、營帳、睡袋，到長城腳下紮營，等待按下快門的最佳時機，可說飽嘗孤獨與辛苦。但因為專一，也使他在短短幾年間成為眾所矚目的風雲人物，不僅榮獲無數獎項，更成了為長城留下最佳與最多影像紀錄的不朽攝影師。

楊東那三十多萬張的攝影作品，只有一個主題——長城，他同樣是「化零為整」、「匯多為一」的實踐者，所用的方法也許比董耀會較可行；但不管是要走長城或拍長城，都必須先有相當的體力和毅力，那的確不是一般人做得到的。說來慚愧，我十幾年前較常去大陸，在北京、上海勾留時，曾和妻子興起「行腳中國，發現觀音」的夢想（去看各地的觀音像），但只專程去了西安一趟，以後就不了了之。想「匯多為一」，的確需要有很多主客觀條件的配合。

我有一個朋友說他不久前終於讀完了《賈伯斯傳》，那是很厚的一本書，我好奇問他花了多少時間？他說他也沒算，因為他買的是電子書，就利用等車、等人、等吃飯的零星時間，打開手機閱讀，積少成多，結果不到一年，居然就把它讀完了。他覺得這種閱讀方法不錯，所以最近常買電子書。

朋友的經驗讓我想起美國詩人朗費羅（H. Longfellow）的一則軼事：喜歡喝咖啡的他，每天利用等待咖啡煮好的十分鐘，來翻譯他喜歡的但丁《神曲》，日積月累，結果在數年間完成了這本鉅著的英譯本。

這也許是「化零為整」、「匯多為一」的更可行方法。我們每個人每天都有很多零星、等待與過渡的時間，以前大部分的人都只是在那裡枯等、發呆或胡思亂想，現代人則幾乎都是在滑手機，看些雜七雜八的訊息。其實，如果能利用這些零星的時間去做單一的一件事，不管是讀一本書、聽英語會話、閉目調息或做簡單運動，那麼日積月累，一定能帶來可見的成果。

它一點也不困難，關鍵就在於你想不想這樣做，相信不相信這種在「化零為整」、「匯多為一」後，整體就會大於部分之總和的說法。

我心如明鏡，我心似大海

「我們用心為您營造寧靜。」一個房地產的廣告，海報裡的藍天、綠水、青山、紅楓、雅築，遠離塵囂、安詳靜美，確實能讓渴望寧靜的人心嚮往之。有不少餐廳也用為顧客「營造寧靜的用餐環境」為號召，在吵雜的社會裡，現代人的確需要多一點寧靜的空間。

但嚴格說來，人類只能製造聲音，而無法製造寧靜；只能提供紛亂，而無法提供安詳。任何環境原本都是寧靜的，不能寧靜、破壞寧靜的是人，而不是房子、桌子或牛排。

我曾在萬里海邊有一間小屋，在南投山中有一棟農舍，三不五時會去小住數天，佇足在大海之前，漫步於山林之中，讓我感受到難得的寧靜。但這些寧靜其實是大海和山林給我的，更真確地說，應該是我受大海和山林寧靜的感染而得到寧靜。如果我想經常擁有這種寧靜，那麼我就要在自己心中擁有一片大海、一座山林，讓它們成為自己的聖地，可供我隨時探訪。

這讓我想起美國賴瑞金（Larry King）的脫口秀。賴瑞金是出名的毒舌，來賓經常被他尖銳的問題逼問得血脈賁張、失去人性。有一次，來賓是一個印度教行者，賴瑞金照樣提出很多犀利的問題，觀眾的叩應更是充滿了質疑、敵意與嘲弄。但行者始終安然自若，氣定神閒地回答。最後，賴瑞金忍不住逼視行者，挑釁問說：「你怎麼有辦法如此安靜？」行者微微一笑，說：「這裡本來很安靜，是我們把它弄得鬧哄哄的。」

的確，在沒有人類或動物叫囂的地方，原本都是安靜的。不能安靜的其實是人，也就是自己。這位印度教行者之所以能不受賴瑞金和叩應觀眾的挑釁言詞騷擾，因為他有一顆寧靜的心。

中國禪宗的第一次傳燈說的也是類似的故事：慧可：「我的心不安，請師父替我安心。」達摩：「把你的心拿來，我替你安。」片刻後，慧可：「我找來找去，找不到我的心。」達摩：「好，我已經把你的心安好了。」達摩要慧可了解，真心是常安的，讓人不得安寧的是因貪嗔癡而起的妄心。

我年輕時候，經常惶惶終日，覺得自己生命好像遺失了什麼重要的東西。後來才知道，我遺失的其實就是一顆寧靜的心。與其去尋找寧靜的地方，不如找回自己原本寧靜的心。而最好的方法莫過於去除因貪嗔癡而起的妄心，在去除妄心後，真心自然顯現，也就是禪宗所說的「去妄存真」。

陶淵明說：「結廬在人境，而無車馬喧；問君何能爾，心遠地自偏。」寧靜不是因為「地偏」，而是來自「心遠」，當我的心疏遠了世俗的七情六欲、貪嗔癡，自然就能恢復寧靜。所謂「心靜自然涼」，但在還未「靜」之前，應該下的功夫是「心涼自然靜」，懂得凡事看淡，心頭不熱，自然寧靜許多。

一夜的安眠，對國王與乞丐是同樣的享受。一個很酷（cool，涼）的乞丐會睡得很熟，因為他對人生別無所求；一個很酷的國王也會睡得很好，因為什麼大風大浪在他眼裡，都只是茶杯裡的風暴。如果我為一個小小的考驗、盼望和煩惱，而焦慮、緊張得睡不著覺，那是我見過的世面太小，得失心太重，心頭太熱。

讓「心如明鏡」則是一門應該修習的功課。莊子說：「至人之用心若鏡，不將不迎，應而不藏，故能勝物而不傷。」有智慧的人用心有如明鏡，任隨外物的來去而不加迎送，如實反映外物而無所留藏，這樣就不會損心勞神，而得到內心的寧靜。這是莊子教我們的寧靜之道，跟《菜根譚》所說：「風來疏竹，風過而竹不留聲；雁過寒潭，雁去而潭不留影。故君子事來而心始現，事去而心隨空。」正有著異曲同工之妙。事情還沒來就焦慮不安，事情過了還懊惱悔恨，都是讓我們心神不得安寧的毛病。

另一門功課則是要讓「心似大海」。站在靠海邊的山上，看著眼前的一片大海，心中的苦悶、憂慮、哀傷即使不能一掃而空，也會減輕許多。因為大海是寧靜的，外在的寧靜喚醒了我們內在的寧靜。而大海之所以寧靜，就在於它的大。如果我的心只像茶杯般大，那麼一塊小石頭掉進去，就會在茶杯裡激起風暴；一滴酸滴進去，整杯水都會酸得難以下嚥。但如果我的心胸能如大海般寬闊而深邃，那不僅能吸收各種騷動，不隨之騷動，而且能將它們化解於無形。

如果在尖峰時刻搭乘捷運，那麼在擁擠而密閉的車廂內，間歇性的推擠與挪移、各種體味與咕噥中，我會閉上眼睛，凝神內視，讓一片無盡延伸的湛藍大海浮現在我眼前。清風徐來，我慢慢走進海中，表面的不安與騷動、聲音與氣味逐漸模糊而遠離。我愈走愈深，愈來愈安靜，終於忘神地倘佯在心海深處的寧靜安詳中。這是我在搭乘捷運時，找回內心寧靜的一門功課。

在《EQ》裡，提到一位參加越戰的美國大兵大衛．布希的特殊經驗，他說有一天，他們弟兄和越共在田裡發生激戰，槍林彈雨中，突然有六個和尚排成一排，魚貫走過田埂，神色平靜，步履安穩，似乎對身旁的激戰視若無睹。大家都出神地看著這群和尚緩緩前行，沒有人朝他們射擊，因為大家突然覺得失去了戰鬥情緒。美軍和越共還因此休戰了一天。

宇宙臣服於寧靜的心靈。我們每個人原本都有一顆寧靜的心，覺得這個世界亂糟糟，不要怪世界，應該怪自己失去了寧靜的心。更重要的是，當你找回內心的寧靜後，不管走到哪裡，即使在槍林彈雨中，也都是寧靜的。當你達到這個境界時，不只自己不再受外在的喧囂干擾，而且還可以幫助別人，讓他們跟著安靜下來，幫他們找回寧靜的心；也讓這個世界變得更寧靜安詳。

放下・放著・換個方式重新提起

學生時代，認識一個別系的同學，本來跟一位女生很要好，但後來那位女生卻跟他絕交，他彷彿面臨世界末日，無心再上學，還一直纏住對方不放，結果變得很難堪。我們都勸他要「看開」、「放下」，想不到他最後竟割腕自殺，還好及時被發現，才撿回一條小命。

幾年前遇到他，已經當祖父了，氣色很好。老婆當然不是當年讓他痛不欲生的那位。我們雖然沒有提起當年事，但當年的他卻讓我想起下面這則報導：

非洲叢林裡，有人以捕捉猴子為業。因為是要賣到國外的動物園，猴子不能受到任何傷害，捉猴人就想出一個妙法：在瓶頸狹長的大玻璃瓶子裡裝了各種氣味芬芳的水果，將它們放到叢林裡的地上。隔天一早，當他們再回到叢林的時候，就會發現每個瓶子都「卡住」了一隻猴子，而輕鬆地將牠們抓回家。

這些猴子為什麼會被「卡住」？原來當牠們本能地將手伸進瓶子抓住水果想要抽回時，因瓶頸太窄而抽不出來；瓶子又太重，無法帶著瓶子跑，結果就這樣被卡在那裡。其實，猴子只要鬆開手，就可全身而退，但要牠們放棄已經到手的水果，簡直比登天還難，結果只好一一束手就擒。

說我那位舊識當年像這些猴子也許不太厚道，但仔細想來，人類跟這些遠房表兄弟其實相差無幾，只是捨不得放棄的東西不一樣而已。

說到世間讓人捨不得放棄的東西，除了錦衣玉食、香車美人、華廈麗景等有形的東西外，更有名利、權位、愛恨等無形的欲望與情感。如果耽溺其中，在應該放手的時候還緊緊抓住不放，那種「不能自拔」所帶來的辛酸、危害，跟那些被「卡住」的猴子有什麼兩樣？

若問猴子為什麼無法放手？我想最主要的原因是牠們只有「當下意識」而缺乏「未來意識」，只想立刻要吃已經到手的水果，不會考慮若不放手等一下可能被抓、現在放手明天還可以吃到別的水果、「來日方長」等等，也就是卡在「狹隘的意識」裡，不能自拔。我那位舊識當年在失戀時，「彷彿面臨世界末日」，同樣是失去了「未來意識」（沒想到後來還有當祖父的一天），被「卡在當下」，跳不出來，也就是佛家所說的「住」──「沒有了她，我就會失去一切」的執念縈繞於心，揮之不去。

禪宗有個故事說：藏門禪師指著庭院裡的一塊石頭，問雪齋禪師：「三界唯心，萬法唯識。你說說看，這塊石頭是在心內？還是在心外？」雪齋答：「在心內。」藏門反問：「一個行腳人為什麼要將一塊石頭放在心裡？」

讓我們放不下的並非人、事、物、名利、愛恨，而是對它們的執念。讓這些執念「住」在心中，就等於在心裡擺了一塊大石頭，不只讓我們心情沉重，最後很可能還因此被壓垮。「放下」，就是要搬走心中的大石頭，但解鈴還須繫鈴人，你放進來的石頭只能靠自己搬走。

放不下，是因為我們的意識被「卡在當下」，心中只剩下現在、那個人、那筆錢、那件事而沒有其他。所以，真正的放下是要「看開」，但不是看破，而是要開闊你的意識、心眼，看到此時、此地、此人、此事之外，還有更廣大、豐富的世界。心胸變寬大後，心裡的石頭不僅變小，也較容易搬走（放下）。

讓人放不下的並非都是難捨的美好；對往事無窮的懊悔、對某人難消的恨意等，同樣會成為縈繞於心的執念。聖嚴法師說：「放不下自己是沒有智慧，放不下別人是沒有慈悲。」缺乏智慧和慈悲，都是因為「心眼太小」，如果你能開闊你的意識，寬大你的心眼，能「卡住」你的人或事就會愈來愈少。

有時候，讓人放不下的是在這個人或這件事上投注了太多心力，如果就此放棄，那表示自己過去的付出都將如水東流而去，失去意義，所以不願或不忍放手。但如果這樣想，那就陷入「沉沒代價」的迷思中，因為不管你過去付出多少時間、心血、感情，它們都已經「沉沒」了，不會因你的不放手就能繼續存在、再回來。所以，明智的看法應該是「往前看」，評估你繼續付出能有多少指望；執著於過去，只會帶來更大的損失和痛苦。

放下，跟其他事一樣，說來容易做來難，如果擔心一刀兩斷後，日後會覆水難收、後悔莫及，那也不見得必須馬上「斷捨離」，不妨就先「放著」。但不要再放在心上，最好是能將它「裝在一個括弧或箱子裡」，擱到心外，騰出一些心靈空間，好容納新的人、事、物。

研究顯示，要阻斷記憶留駐的最佳方法是引進記憶干擾，特別是類似但結果卻不同的經驗。在擱下放著、騰出心靈空間後，就應該「走出去」接受新的刺激，製造新的記憶；當美好的新刺激、新記憶又裝滿心中時，那些捨不得、被放在心外的執念就會變得愈來愈無足輕重，而終至自然消失。用美好的新戀情來消解過去失戀的痛苦就是最好的例子。

但我們要知道，有些人、事、物、感情、思慮，譬如親情、責任、品德等等，是不能逃離、放棄的。輕言放下，其實是自私自利，如果每個人都跟他一樣，那只會讓社會更昏亂、大家心頭更沉重。

有個故事說：一位深陷塵網、渴望獲得解脫大智慧的年輕人，去拜訪山中的某個先知。半路上，遇到左肩背著一個大背包，剛好要下山的先知，他高興地上前問說：「先知啊，請您告訴我要如何獲得解脫的大智慧？」先知微笑地看著年輕人，卸下左肩上的大背包，放到地上。年輕人若有所悟說：「哦，我明白了。要得到解脫，就是要放下肩上的包袱。」先知點點頭又搖搖頭，不發一語拿起地上的大背包，改用左右兩個肩膀背負，繼續朝山下走去。

先知以靜默的方式為年輕人上了一課：為了讓自己輕鬆一下，有些東西也許可以暫時放下，但卻不能逃離或放棄，而必須改用較有智慧、舒適的方式重新承擔。譬如我從未有過想逃避照顧父母的責任，成家後即接父母來同住。但時間久了，彼此又都覺得受限制，所以後來我在父母中意的鄉下買塊地、蓋個房子，讓他們過他們想過的生活；這個月我帶家人到鄉下和他們住幾天，下個月換他們回台北和我們住幾天。我和父母就這樣過了十多年有親情又有自由的美好時光，這就是我的「換個方式重新提起（承擔）」。

放下的最高境界其實是「連想要放下的念頭都要放下」，對所遇所歷的各種人、事、物，都隨著自己的自性去自然回應，能放下的就放下，放不下的就先放著，或換個方式重新提起。如此這般「無所住」，久而久之，自然就不會再出現「我該不該放下」這樣的念頭，自身功德也就能日趨圓滿。

虛心求缺：小滿與留白的人生

在傳統的二十四節氣中，「小滿」是第八個節氣，落在陽曆五月廿一或廿二日，照《曆書》的說法，農作物在這個時候「少得盈滿，麥至此方小滿而未全熟」。也就是開始成熟但尚未全熟的階段。

我們看其他節氣，有「小暑」就有「大暑」，有「小雪」就有「大雪」，有「小寒」就有「大寒」，但獨獨「小滿」卻缺了「大滿」（「小滿」之後的節氣是「芒種」，它是收穫的季節）。為什麼沒有或不想要有「大滿」呢？它其實代表了古人的一種生命智慧：

不管什麼事都想要有十足、大大的滿意，或者想把所有的時間和空間都填得滿滿的，這其實不是什麼「理想」的人生；我們需要的是對己、對人和對事能有幾分、小小的滿意就好，也懂得要為自己、他人和事情留一些「餘地」，這樣才是愜意、自在、開闊、有容的人生。換句話說，人生跟自然節氣一樣，需要的是「小滿」，而不必有什麼「大滿」。

這樣的「小滿」，讓人想起國畫裡的「留白」。傳統的水墨畫一定會留下很多空白的部分，南宋馬遠的《寒江獨釣圖》可說是最極致的代表作，在頗大的畫面裡，只見中間部分畫了一葉小小的扁舟，舟上有一位更小的漁翁在垂釣，其他部分則是一片空白。但正因為這種空白，卻讓人感受到水域的廣闊無垠，從而襯托出漁翁的「獨」與江面的「寒」。

齊白石所畫的蝦，曾得到畢卡索的驚賞。他的蝦畫不管是畫一隻或七八隻，畫面除了蝦子和題款外，其他部分也都是一片空白。但活靈活現的蝦和空白的畫面，卻讓我們感受到水的清澈潔淨；齊白石的「畫蝦不畫水」跟馬遠的「畫釣不畫江」——只畫小舟與漁翁，而以空白來讓人感受江面的浩渺與寒氣，正是中國水墨畫獨特的藝術表現手法。

反觀西洋的油畫，不只整個畫面被畫得滿滿的，有些地方還被塗上好幾層的油墨。西洋油畫的「滿」與中國水墨畫的「空」，不只是兩種迥異的藝術表現手法，更是在反映兩種文化不同的生命哲學。水墨畫的「留白」或「空」，其實也是在呼應老子所說的「無」：

「鑿戶牖以為室，當其無，有室之用。故有之以為利，無之以為用。」老子以房屋為例，指出它的「有」（如屋頂、牆壁）是給人便利，但真正發揮作用的卻是「無」（屋內的空間讓人可以活動）。當然，「有無」必須「相生」，「全有」或「全無」都不是理想狀態，也都將失去意義。「無」不僅需要「有」的存在，才能發揮其作用；而且它的作用還經常大於「有」，或者因容易被忽略而受到特別強調，這也正是莊子所說的「無用之用，乃為大用。」

這種「留白」或「空無」的妙用，亦常見於其他藝術，譬如白居易的《琵琶行》，在描述彈琵琶的歌女「大弦嘈嘈如急雨，小弦切切如私語；嘈嘈切切錯雜彈，大珠小珠落玉盤」後，接著是「冰泉冷澀弦凝絕，凝絕不通聲暫歇。別有幽愁暗恨生，此時無聲勝有聲。」這種「暫歇」與「無聲」，正可以讓聽者發揮想像力，引起他們無限的遐思。

如果想讓自己的人生有點意境或藝術美感，那在生活的很多層面，我們也都要懂得或學會這種「留白」。當然，現實生活裡的「留白」，不是「空空如也，什麼都沒有」，而是要懂得「保留」或「空出」一部分，不要什麼都想要「填滿」、「說滿」或「做滿」，這樣不僅能讓自己比較沒有壓力，更輕鬆自在，而且還可因保有不小的空間或時間，而有能有改善與迴旋的餘地；同時也能有更多機會容納各種不意出現的驚喜。

因戀愛而結婚的人最常見的一個共通感受是，覺得兩人的愛情在婚後遠不如婚前甜蜜，這除了新鮮感降低與柴米油鹽帶來的壓力外，還有一個更重要的原因是兩個人天天共同生活，膩在一起、綁在一起，不再像戀愛時只偶而見面，彼此都留有很多空白，能醞釀美好的想像。「兩情若是久長時，又豈在朝朝暮暮？」也因此，想要在婚後多年仍讓愛情繼續甜蜜，繼續滋生美好的想像和期待，就應該讓兩人的關係留些白，不只是要有一些各自獨立的的生活時間與空間，在心靈上也要有一些私密性，讓對方好奇但卻無從知曉的神祕領域。但對此我們也不必因此而非弄個水落石出不可，須知欣賞這種「留白」，不只是在向對方表示尊重、寬容，同時也可讓兩人的感情變得更成熟與溫暖。

親子關係與朋友關係基本上也都應該如此，父母對兒女的關愛不能「無所不至」，兒女對父母的期待也不能「包山包海」，彼此都應該留給對方足夠的自由與自主空間。「君子之交淡如水」，理想的朋友關係就應該像水墨畫裡的水，看似無形，但卻能讓人感受到它的浩瀚煙波。

《菜根譚》裡有句話說：「徑路窄處，留一步與人行；滋味濃時，減三分讓人嘗。」這個「留一步」與「減三分」正是為人處世時的「留白」智慧，說話不必說盡，做人不必做絕；不管是好話或壞話、好事或壞事，都要留下一些未盡之處，讓對方自行去領會；留一些情面，他日才有轉圜的餘地。這不只是在為對方設想，也是在為自己設想。

凡事最好都能留點白，但要留多少白，顯然會因人、因時而異。譬如「飯吃七分飽」是現在流行的養生原則，不過這種給胃腸留點白、減輕它們負擔的做法，可能只適用於有年紀的人；正值發育階段的兒童和青少年，還是要吃「十分飽」才比較適當。

除了胃腸，大腦也不宜「裝得太滿」，知識和閱歷都不多的年輕人較不成問題；但年紀愈大，大腦裡面的東西愈塞愈多，這時就要在精神上「斷捨離」，「放空」堆積在大腦裡無用、惱人的知識和記憶，讓心靈變得輕盈，而且也才能再接收新的知識和經驗。鼓吹簡單過生活，對家中多餘之物「斷捨離」的作法，則是一種更具體而明確的「留白」。

年輕人精力充沛，每天從早到晚馬不停蹄地看東看西、學這做那，「不讓青春留白」，似乎理所當然也值得鼓勵。但年紀大了，就應該為自己的人生多留點白，曾國藩年老時將他的書房取名為「求缺齋」，「求缺」就是「求少」或「無」，但不是什麼都不做，而是不要再有太多欲望，不要再不知滿足地去爭名逐利，應該像閒雲野鶴般，將多餘的時間用來韜光養晦，怡情養性，在悠閒中體會新的生活情趣。

不只人間事如此，對於我們賴以生存的自然環境，更應該懂得「留白」。不要妄想去開發每一寸土地，保留足夠的青山綠水、原始森林和荒野，不只是我們生存所必須，更是愜意生活所必要。

黑白無常捎來的兩個訊息

「這幾天我深切體驗到生命的無常，……而無常就是苦。」在電話那頭，友人低沉著聲音說。

服務了二十年的公司說倒就倒，只領到微薄的遣散費；更要命的是，身體不適的妻子到醫院做檢查，結果竟然是子宮頸癌第三期。原本安穩平順的生活，在「一朝若也無常至」後，就忽然分崩離亂了。

我的心情不禁也跟著沉重了起來。無常，就像一團迅然掩至的巨大黑影，在不意之間吞噬我們天真的想望、無辜的歡樂，讓人措手不及地楞在那裡。「諸行無常，是生滅法」，友人和他妻子的影像，還有五味雜陳的諸般想法，在我的心中不住生滅。

但友人其實是有問題要問我，他要問的是子宮頸癌的預後——也就是活存率的問題。與醫學日久情疏的我，對那些數據早已不甚了了，不過我還是說了一些安慰兼鼓勵的話：

「子宮頸癌的活存率當然是有各種數據，不過那都是根據過去的常例來預測的。但就像你所說生命是無常的，那些數據也是無常的，悲觀的預測也都是靠不住的，特別是對個人來說，都有很大的差異性。只有堅信生命無常，你和妻子才能掙脫、打破常態的預期。……無常就是希望。」

很多人都認為「無常」的說法來自佛教，其實，中國的荀子早就說過：「趨舍無定，謂之無常。」萬事萬物都非固定不變，而是不斷在變化的。但就像古希臘哲學家赫拉克利特所說：「世界上唯一不變的就是變化。」這種「不斷變化」的現象是宇宙和塵世「唯一不變」的常理，它跟佛家所說「無常即常」，還有《易經》強調的「易（變化）即不易」是互通的，可見人類各文化的先知先覺者對此都已了然於心。

萬事萬物不斷在變化，人生的酸甜苦辣、喜怒哀樂也不斷在變化，但多數人在說

「生命無常」時，指的卻都是歡樂、健康、成功的無法持久，伴隨的也總是悲苦之情。這其實是一種習慣成自然、不太好的偏頗之見。歡樂無常、健康無常、成功無常；但同樣的，悲傷無常、疾苦無常、失敗也無常，我們為什麼要獨獨鍾情於悲觀、黑暗的一面呢？

唯其一切無常，我們才能在悲傷之後得到歡樂，從失敗邁向成功，在治療後恢復健康，從不可能中看到可能，在絕望中發現希望。設若「生命恆常」，任何事情都沒有改變的可能，那才是更大的痛苦。正因為「生命無常」，所以我們實在不必也不可能耽溺、自陷於「一切都已不可改變」的泥沼中。

說到無常，就讓我想起小時候在廟宇、野台戲裡看過的「黑白無常」，祂們的扮相非常嚇人，「黑無常」個小黑面，相貌兇惡，身穿黑衣，頭上高帽寫著「見吾死哉」（或「天下太平」，俗稱八爺）；而白無常則是身材高瘦，面色慘白，口吐長舌，身穿白衣，頭上高帽寫著「一見有喜」（或「見吾生財」，俗稱七爺）。兩人手執腳鐐手銬，是陰間派來的勾魂使者，負責緝拿死者的魂魄到陰間接受審判。因為造型恐怖，所以很有警惕作用，大人們都告誡我們不可做壞事，否則就會被「黑白無常」

抓走。

成年後，覺得「黑白無常」是迷信產物，根本不能也不必當真。但到了中年以後，卻慢慢了解古人「創造」出這兩個神祇其實有很深奧、而且可能是他們當初都沒有意識到的含意。

就像道教的很多觀念都來自對佛教的衍伸，中國的「黑白無常」很可能也是來自《地藏經》：「無常大鬼，不期而至。」的說法，但一個「大鬼」變成「黑白」兩個勾魂使者，則是因為中華文化裡的「陰陽」觀念所帶來的衍伸。

中華文化一向認為萬事萬物都有陰陽兩面，「黑白無常」的一高一矮、一黑一白，一個見了會「死哉」，一個則「有喜」；黑無常吸女性的陽魂、散男性的陽魄，而白無常則吸男性的陰魂、散女性的陰魄；或者說黑無常負責抓惡人的魂魄，而白無常則負責抓善人的魂魄……。這些基本上都是中華文化裡「陰陽」觀念的投射。

這些「陰陽」說法對現代人來說，也許已經沒有太大意義，但我覺得有一點倒是值得我們深思：那就是現在大家所認為的「無常」，其實也有「黑白」兩個截然不同的意涵。當「一朝若也無常至」時，如果我看到的只是悲傷、疾苦、失敗，認為「無常就是苦」、「一切都已不可改變」，那我擁有的就是「黑無常」的觀點，或者說自己成了「黑無常」。但如果我能了解悲傷無常、疾苦無常、失敗無常；看出在悲傷之後可以得到歡樂，從失敗可以邁向成功，在治療後可以恢復健康，認為「一切都可以改變」、「無常也是樂」，那我就擁有了「白無常」的觀點，或者說自己成了「白無常」。

在道教的傳說裡，「黑白無常」原是人世間的一對好友，後來成為「白無常」的名叫謝必安，「黑無常」則叫范無救。這樣的名字其實亦有深意，如果我對「無常」做「白面」（光明）的解釋（白無常），那我接下來的人生就有機會「必安」；但如果只做「黑面」（黑暗）的解釋（黑無常），那我未來的人生很可能就會變得「無救」。

再回到原先我和那位友人的對話，友人一開始的說法讓我覺得相當的「黑無常」，而這其實也是人之常情；但我鼓勵他從無常裡看到希望、發現契機，則是勸他能多一點「白無常」的看法。事隔十多年後，友人妻子已經過世，而他也有一份兼差的輕鬆工作，他已走出悲苦，重新品嘗歡樂。

其實，我們每個人的心中也都住著黑白兩位無常。生命無常，悲欣無常，黑白亦無常。沒錯，無常總是會在我們措手不及時迅然掩至，但願屆時浮現在你我心頭的，是「白無常」而不是「黑無常」。

人生沒有最好，不錯就好

廣告是一本雜誌重要的收入，我以前工作的《健康世界》月刊每期都有十多頁的彩色廣告，其中有不少是醫藥食品保健類的廣告。在和廣告經理共事聊天中，也知道了這類廣告的一些眉角：所有的廣告都在挖空心思宣揚自己的產品有多好，但政府管理單位為了保護消費者，則會對誇大不實的廣告祭出罰則，其中讓我覺得相當有意思的是禁用「最」字，譬如「最好」、「最美」、「最有效」、「最先進」、「最優秀」、「最佳選擇」等等，其他像「世界第一」、「獨一無二」、「空前絕後」之類也都在禁止之列。

覺得它有意思，因為這裡面有一個邏輯思辯問題。你說你「最好」，根據的是什麼？在這個世界上，跟你類似的東西不計其數（不用說古往今來了），你都一一分析研究過嗎？而且每樣東西都有好幾個面向，每個面向你都考慮比較過嗎？如果沒有，那麼你說的「最好」，不僅是誇大不實，而且還是存心「欺騙世人」。

有些人也許會說這根本就是雞蛋裡挑骨頭，故意找碴，但有關單位如果根據這個「最」字來處罰你，你也只能自知「理虧」，而難以「狡辯」。不過若換在其他地方用「最」字，特別是跟人情相關的領域，譬如「最珍貴的禮物」、「最纏綿悱惻的戀情」、「最幸福的人生」、「最完美的人格」，大家不僅不以為怪，反而會認為少了個「最」字就不動聽，甚至沒誠意。很少人想過，這樣的「最」其實是沒有經過動腦、言不由衷的虛詞。

近年來，我已不斷提醒自己，在寫文章時盡量避免再用「最」字，但也許積習難改，還是經常會疏忽掉；不過在思考跟自己相關的問題時，少做「最」方面的考量則已有些進步。我不再費心去思考、盤算什麼才是對我「最好」、「最明智」、「最經濟」、「最有效」的方法或選擇，改而認為「不錯就好」。結果，「這樣已經很不錯了！」、「還可以啦！」成了我在這些場合最常說的話。

妻子有時候會說我的要求或品味愈來愈低，我倒是覺得這已成為我愈來愈喜歡的人生哲學之一。因為我愈來愈覺得「想要最好的」只是在跟自己過不去，它可能逼得我精疲力竭或者發瘋。雖然說，我們通常只能在自己所接觸的有限數量裡選出「最好」的，它看似簡單，但若認真思考，就會變得非常複雜，我們根本難以「決定」或「確信」哪一個才是客觀上「最好」的。

假設有一個推銷員，要到南部的十個（有限）鄉鎮推銷某種新產品，在出發前，他攤開地圖，心裡盤算著：「要怎麼走才是最省錢又最省時的路程？」也就是說他想挑一條「最好」的路。理論上，當然有這樣一條路，但要將它找出來，就必須先分析往返這十個鄉鎮所有可能的走法，而它們一共有一八一、四四〇種走法，每種走法又都牽涉到各種不同的情況。那他要怎麼去分析，找出最好的路徑呢？

大腦或直覺會告訴他，做這種分析是不明智的，甚至可以說是愚蠢的。一個務實的辦法是：他看看地圖，心中大略估量一下，就決定了要怎麼走。他找出來的顯然不是最省錢又最省時或最好的路徑，但無疑是一條不錯或相當好的路徑，而這也才是他明智的選擇。

當然，有些選擇我們不會太在意，但即使面對的是相當嚴肅的問題，我們其實也不必去苦苦思索什麼才是最好的。不僅因為沒有人知道什麼才是最好的，更因為我們永遠無法有足夠的資料和時間去從事最完整的比較和判讀。我們的大腦拙於或不習慣花相當長的時間去找出最好的選擇或答案，但卻擅長迅速地找到不錯的選擇或答案，這其實是一種進化上的優勢。

事實上，上帝（或造物主）對什麼是「最好的」也興趣不高，它所創造的生物及其器官，如果加以比較，即可知道沒有一種稱得上是最好的，但能夠活存下來的，卻都是不錯或相當好的。也許，這才是自然和生命的真諦。

所謂「最好的」，就像「最大數」，看似存在，卻根本不可求，它不過是個惑人的弔詭罷了。如果我陷入這個弔詭，凡事要求最好的，那可能會因一再地費心尋找、盤算、比較和等待，而為自己製造沒完沒了的壓力。所以我決定放輕鬆點。人生，需要的不是最好，而是不錯就好。

有一個關於蘇格拉底的故事說：有一天，蘇格拉底帶著一群弟子來到一個很大的蘋果園，對他們說：「你們到園子裡，從這頭走到那頭，各自去挑選、摘一顆自認為最好的蘋果，但不能走回頭路，也不能作第二次選擇。」過了一段時間，弟子們陸續走出蘋果園，有的手上拿著一顆蘋果，有的卻兩手空空，但大家都顯得快快不樂。

已在那裡等候他們的蘇格拉底問弟子為什麼愁眉苦臉？一個兩手空空的弟子說：「我進了園子不久，就發現一顆很不錯的蘋果，我本已決定要摘下它，但心想等一下說不定還有更好的，所以就放棄了。想不到這種情況一再重複，我一直想找到最好的，但卻覺得看到的蘋果愈來愈不中意，所以出了園子還沒摘下一顆讓我覺得最好的。老師，您就讓我重新來過，再作一次選擇吧！」

另一個在手上那著一顆蘋果的弟子則說：「我進園子不久，就發現一顆很不錯的蘋果，立刻決定將它摘下來。但一路上，卻又一再發現比它更大更好的蘋果，讓我愈來愈後悔，真想把原先認為最好的這顆丟掉！老師，請您也讓我重新來過，再做一次選擇吧！」

有人認為這個故事的重點在告訴我們，人生不能重來，選擇要慎重，更要把握時機，以免留下遺憾；而在做了選擇後，就不要再後悔。但對我來說，它的重點在於不要被「最好的蘋果」這樣的想法所迷惑。不管是選擇蘋果、房子、配偶或工作，

「不錯就好」，要對自己的選擇感到「心滿意足」，不要再東張西望，去留意還有沒有「更好」的？當然有！而且還一大堆，就像約翰生博士所說：「在這個世界上，最少有五萬個女人可以讓你過幸福的生活。」你愈是比較，愈想找到「最好」的，就會讓你愈失望、愈後悔、愈痛苦。

希臘特爾菲神廟的神諭說「蘇格拉底是世界上最聰明的人」，蘇格拉底對此感到惶恐，他反躬自省，覺得那很可能是因為他知道自己的「無知」，神才會這樣說。什麼是「最幸福的人生」、「最美滿的婚姻」、「最高善的人格」？我想我們最好還是先承認自己在這些方面的「無知」吧！

人生沒有最好，不錯就好

看世界的方法 199

作者　王溢嘉

封面設計　日央設計
內頁版型　舒辰琳
內頁排版　華漢電腦排版有限公司
責任編輯　魏于婷

董事長　林明燕
副董事長　林良珀
藝術總監　黃寶萍
執行顧問　謝恩仁

社長　許悔之
總編輯　林煜幃
主編　施彥如
美術編輯　吳佳璘
企劃編輯　魏于婷
行政助理　陳芃妤

策略顧問　黃惠美・郭旭原・郭思敏・郭孟君
顧問　施昇輝・林子敬・謝恩仁・林志隆
法律顧問　國際通商法律事務所／邵瓊慧律師

出版　有鹿文化事業有限公司
地址　台北市大安區信義路三段106號10樓之4
電話　02-2700-8388
傳眞　02-2700-8178
網址　http://www.uniqueroute.com
電子信箱　service@uniqueroute.com

製版印刷　沐春行銷創意有限公司

總經銷　紅螞蟻圖書有限公司
地址　台北市內湖區舊宗路二段121巷19號
電話　02-2795-3656
傳眞　02-2795-4100
網址　http://www.e-redant.com

ISBN：978-986-06075-8-1
初版一刷：2021年9月

定價：360元

國家圖書館出版品預行編目（CIP）資料

人生沒有最好，不錯就好

王溢嘉著 . —— 初版 . —— 臺北市：有鹿文化，2021.09

面；公分 . —（看世界的方法；199）

ISBN 978-986-06075-8-1（平裝）

863.55 110010316